AF589553

Ancrées dans le Nouvel-Ontario, les Éditions Prise de parole appuient les auteurs et les créateurs d'expression et de culture françaises au Canada, en privilégiant des œuvres de facture contemporaine.
La Bibliothèque canadienne-française a pour objectif de rendre disponibles des œuvres importantes de la littérature canadienne-française à un coût modique.

Éditions Prise de parole
C.P. 550, Sudbury (Ontario)
Canada P3E 4R2
www.prisedeparole.ca

La maison d'édition remercie le Conseil des Arts de l'Ontario, le Conseil des Arts du Canada, le Patrimoine canadien (programmes Développement des communautés de langue officielle et Fonds du livre du Canada) et la Ville du Grand Sudbury de leur appui financier.

Sans jamais parler du vent

suivi de

Film d'amour et de dépendance

suivi de

Histoire de la maison qui brûle

De la même auteure

Pour sûr, Montréal, Éditions du Boréal, 2011, prix du gouverneur général.
Petites difficultés d'existence, Montréal, Éditions du Boréal, 2002.
Un fin passage, Montréal, Éditions du Boréal, 2001.
Pas pire, Montréal, Éditions du Boréal, 2002, coll. « Boréal compact », [Moncton, Éditions d'Acadie, 1998.]
1953. Chronique d'une naissance annoncée, Moncton, Éditions d'Acadie, 1995.
La vraie vie, Montréal, Éditions de l'Hexagone, 1993.
La beauté de l'affaire, Moncton, Éditions d'Acadie, 1991.
Avec Hélène Harbec, *L'été avant la mort*, Montréal, Éditions du Remue-ménage, 1986.
Variations en B et K, Montréal, Éditions La Nouvelle Barre du jour, 1985.
Histoire de la maison qui brûle, Moncton, Éditions d'Acadie 1985.
Film d'amour et de dépendance, Moncton, Éditions d'Acadie 1984.
Sans jamais parler du vent, Moncton, Éditions d'Acadie, 1983.

France Daigle

Sans jamais parler du vent

suivi de

Film d'amour et de dépendance

suivi de

Histoire de la maison qui brûle

Romans

Collection « Bibliothèque canadienne-française »
Éditions Prise de parole
Sudbury 2013

Œuvre en page de couverture et conception de la couverture : Olivier Lasser

Diffusion au Canada : Dimédia

Catalogage avant publication de Bibliothèque et Archives Canada

Daigle, France
Sans jamais parler du vent ; suivi de Film d'amour et de dépendance ; suivi de Histoire de la maison qui brûle / France Daigle.
(Bibliothèque canadienne-française) Publ. aussi en formats électroniques.
ISBN 978-2-89423-291-0
I. Titre. II. Collection : Bibliothèque canadienne-française (Sudbury, Ont.)
PS8557.A423A6 2013 C843'.54 C2013-901425-X

Daigle, France
Sans jamais parler du vent [ressource électronique] ; suivi de Film d'amour et de dépendance ; suivi de Histoire de la maison qui brûle / France Daigle.
(Bibliothèque canadienne-française) Monographie électronique. Publ. aussi en format imprimé.
ISBN 978-2-89423-733-5 (PDF). – ISBN 978-2-89423-825-7 (EPUB)
I. Titre. II. Collection : Bibliothèque canadienne-française (Sudbury, Ont. : En ligne)
PS8557.A423A6 2013 C843'.54 C2013-901426-8

ISBN 978-2-89423-291-0 (Papier)
ISBN 978-2-89423-733-5 (PDF)
ISBN 978-2-89423-825-7 (ePub)

Préface
Tout ce qui est à la veille de se faire comprendre

Ce titre – *Tout ce qui est à la veille de se faire comprendre* – est en fait la dernière phrase du premier roman de l'écrivaine acadienne France Daigle. Phrase programmatique pour un œuvre qui s'échelonne depuis maintenant trente ans, elle suggère l'attente et la retenue comme si, avec l'ironie qui caractérise son écriture, Daigle disait : « Lisez, vous comprendrez éventuellement ».

Entre 1983 – date de publication de sa première œuvre –, et 2012, alors que le roman *Pour sûr* se voyait couronné de plusieurs prix prestigieux, France Daigle est devenue une des écrivaines les plus importantes de la francophonie canadienne. À la suite de la fermeture des Éditions d'Acadie en 2000, où elle avait jusqu'alors publié l'essentiel de son œuvre, son passage aux Éditions du Boréal lui a permis de joindre un plus vaste lectorat, qui est davantage familier avec sa production depuis *Pas pire* (2001 [1998]). En ce sens, la réédition en un volume des trois premiers romans de l'auteure arrive à point.

Publiés sur une période de trois ans, *Sans jamais parler du vent. Roman de crainte et d'espoir que la mort arrive à temps* (1983), *Film d'amour et de dépendance. Chef-d'œuvre obscur* (1984) et *Histoire de la maison qui brûle. Vaguement suivi d'un dernier regard sur la maison qui brûle* (1985) sont depuis longtemps considérés comme une trilogie, en raison des thématiques qui les unissent et de la disposition graphique du texte. Il serait plus juste d'affirmer, toutefois, que les deux romans subséquents – *Variations en B et K. Plans, devis et contrat pour l'infrastructure d'un pont* (1985) et *La beauté de l'affaire. Fiction autobiographique à plusieurs voix sur son rapport tortueux au langage* (1991) – font aussi partie de cette série, en ce qu'ils poursuivent dans la même veine et qu'ils ont de longs sous-titres qui en révèlent plus que les titres eux-mêmes. Les cinq premiers romans de Daigle se distinguent également des plus récents par une utilisation tout à fait normative de la langue française.

Dans ces cinq premiers romans, le lecteur trouvera des variations sur un même thème : la prise de possession d'un espace romanesque à travers une recherche formelle de l'écriture. Daigle propose des mondes qui servent à réfléchir sur l'écriture. Peu d'actions dans ces romans, marqués par l'immobilisme de personnages sans nom qui demeurent essentiellement des fonctions : un domestique, un charpentier, une femme anonyme, pour ne nommer que ceux-là. La maison fictionnelle, chez France Daigle, est un haut-lieu de prédilection. Cette maison est considérée comme le chef-œuvre à venir dans le premier roman, alors que dans *Film d'amour et de dépendance*, les charpentiers construisent de petites maisons presque artisanales et que dans *Histoire de la maison qui brûle*, une femme médite en regardant brûler une maison.

Au-delà de ce trait fédérateur, chaque roman propose un monde bien particulier.

Sans jamais parler du vent

Dans ce premier roman, plus de la moitié supérieure des pages est blanche et le texte, disposé au bas de la page, est comme écrasé sous le poids de l'espace vide. Ce choix – de ne pas remplir les pages – marque une nette différence avec la pratique du roman traditionnel. En raison de la disposition du texte sur la page, nombre d'écrivains et de chercheurs ont voulu y voir de la poésie. Le texte comporte des éléments poétiques, dont le plus important demeure la répétition de différentes évocations. Le premier type est l'évocation par addition. Le symbole de l'arbre peut ici servir d'exemple. (J'aurais tout aussi bien pu choisir celui de la mer, de la maison, etc.) L'arbre est mentionné une dizaine de fois dans le roman : « L'arbre donc, en parler comme possibilité de forêt. », « L'arbre comme possibilité de table, de livre ou de vent », ou encore « L'arbre, s'en servir absolument ». Ces évocations répétitives, propres à la poésie, permettent au lecteur d'établir des faisceaux de sens.

Un autre type de répétition consiste en l'évocation par opposition. Dès l'incipit, par exemple, il est question de « [t]out ce qui commence, tout ce qui a commencé dans le plus grand désordre », alors que plus avant dans le texte, le narrateur parle de « […] cela qui finit, et bien sûr que cela finit toujours par finir. Tout cela qui finirait de toute façon. »

Malgré le recours à des éléments propres à la poésie, il faut considérer cette œuvre, à l'instar des deux suivantes, comme un roman poétique. Même s'ils ressemblent à des fragments poétiques, les courts textes forment un tout romanesque, une proposition de monde. Ce monde – figé, inhabité –, est contemplé, peut-être même imaginé par un narrateur qui ne se sent pas à sa place. Quelques rares personnages peuplent cet univers, mais ils ne bougent pas et semblent appartenir à « un autre genre, une autre époque ». La question du genre est intéressante, la narration prenant bien soin – d'autres l'ont déjà dit – d'écrire au neutre. On ne sait jamais si c'est un homme ou une femme qui parle et on mentionne toujours « ceux, celles » pour mieux brouiller les pistes.

La métaphore filée, de la maison prise pour l'œuvre en devenir, constitue la plus importante clé de lecture. Chaque phrase qui traite de la maison évoque, souvent dans la même proposition, le roman ou l'œuvre à venir. Le narrateur parlera ainsi d'un voyage et de son aboutissement : « Comme parfois au bout d'un très long silence comme au bout d'un très long voyage une maison, s'y arrêter ». L'extrait de la page suivante reprend les mêmes mots, mais en précisant le lien entre maison et roman : « Le roman comme structure contre laquelle appuyer ses voyages, le cadre d'une porte. Les frontières alors, puis le devoir de rester en place. Les mots, les assaillir, les arrêter. »

Le mot « roman », dans cet extrait, peut être remplacé par le mot « maison » sans changer d'un iota le sens de la phrase. La maison devient alors un leitmotiv pour l'idée incessante du roman lui-même, alors que le narrateur poursuit un devoir essentiel, une obligation qui souligne de nouveau les connotations entre la maison et le roman : « Le roman, l'habiter absolument. Passer d'un lieu à un autre sans le temps qu'il faut normalement pour ces choses. Le paysage alors, sa continuité malgré les frontières et nos passeports. »

Plus le lecteur progresse dans sa lecture, plus la réflexion sur le roman prend toute la place, alors que sont partiellement délaissées toute référence à la maison. On peut voir ce glissement dans le dernier tiers du livre : « Les comparaisons, les explications, les analogies. Une couverture de livre, les pages qu'on y arrache pour mettre les siennes. Ce livre qu'on aurait voulu écrire. »

Proposition franchement originale, *Sans jamais parler du vent* est un premier avatar des romans subséquents.

Film d'amour et de dépendance

Deuxième roman, *Film d'amour et de dépendance* poursuit la quête de l'œuvre à construire en utilisant une nouvelle métaphore explicite, celle du cinéma. En mettant à profit la métaphore cinématographique, Daigle propose une autre forme d'hybridation générique. Le roman ne constitue pas pour autant un scénario de film ; il s'agit plutôt de l'idée de réaliser un film.

Pour donner l'impression au lecteur que l'on se rapproche du cinéma, Daigle dispose le texte de façon à séparer la description du projet, toujours sur la page de gauche, du dialogue, qui se trouve sur la page de droite. Le film ne contient pourtant pas de dialogue à proprement parler, ni de scénario, pas de texte, pas d'action. Seulement des images. Et si, au début de *Film d'amour et de dépendance*, le lecteur se croit dans un monde sans repères spatiotemporels, il finit par apprendre que le film « [...] se passerait donc à St-Édouard de Kent au

Nouveau-Brunswick». Pour la première fois, Daigle fait allusion de manière explicite à un univers géographique réel. Malgré cet ancrage, le film ne traitera pas d'un sujet acadien.

Bien plus que le film inachevé, la métaphore centrale du roman se situe dans la construction sur la plage des petites maisons simples qui doivent servir de décor, maisons qui sont reproduites sur la couverture de la première édition. La description d'une de ces maisons pose cependant quelques problèmes, qui soulignent avec insistance son caractère métaphorique :

> La maison. En la voyant on comprenait tout de suite comment elle avait été construite. Des restants de planche et de contre-plaqué accumulés au fil des années. Une maison juste assez longue pour s'y étendre, et seulement large pour s'y retourner. Une tente en bois. Y entrer à quatre pattes, peut-être même y descendre quelques marches. Peut-être que creusée de l'intérieur il arrivait à s'y tenir debout. Et les années passaient.

L'utilisation de « restants de planche » indique la fragilité de cette construction. Avec des matériaux peu solides, elle ne semble pas posséder une structure forte. Le fait d'avoir accumulé du vieux bois pour la construction montre qu'il s'agit d'un travail approximatif. Et les dimensions de la maison font plutôt penser à une cellule de prisonnier. Le confort n'est pas de mise et il faut croire qu'habiter cette bicoque n'est pas de tout repos. L'image de la « tente en bois » souligne également le caractère rudimentaire de l'habitation. Finalement, l'indication temporelle à la fin du paragraphe renforce cette image d'une maison inhabitable ou à tout le moins inhabitée.

La maison, une fois construite, ne constitue nullement un chef-d'œuvre de l'architecture ou... de la littérature.

La situation des charpentiers dans le roman ressemble à celle de l'écrivain évoluant dans une société minoritaire. Le narrateur propose en ce sens un rapprochement entre le peuple acadien et ses écrivains :

> Ici les gens sont renfermés, repliés sur eux-mêmes. Ils vivent dans des sortes de terreaux, subissent la pensée comme un mal à endurer. [...] Les charpentiers leur ressemblent mais ils ne sont pas tout à fait de la même famille. Ils leur bâtissent des abris convenables et puis s'en vont.

L'analogie entre les charpentiers et les écrivains s'appuie sur la métaphore de la maison comme œuvre. Dans ce passage, bien que les charpentiers (ou les écrivains) fassent partie de la société, ils ne possèdent pas d'appartenance familiale. Une fois le travail de construction (ou d'écriture) accompli au meilleur de leurs capacités, ils regagnent leur place en marge de la société. L'émergence de la figure de l'écrivain sous les traits du charpentier permet au lecteur de mieux saisir la portée des actions des uns et des autres. À l'image du charpentier qui veut bâtir l'espace, le romancier en milieu minoritaire tente de s'approprier l'espace, de rendre sienne une proposition de monde fictionnel.

Film d'amour et de dépendance se présente comme « une étude de terrain en attendant la vraie chose ». Est-il possible que cette « vraie chose », le premier roman à s'approprier l'espace, soit *Histoire de la maison qui brûle* ?

La présentation matérielle du texte, dans cette œuvre, ressemble à celle proposée dans les deux romans précédents. Le récit est disposé en haut sur la page de gauche et tout en bas sur la page de droite. Les textes de la page de droite demeurent très brefs, une phrase ou quelques mots, et se terminent toujours par « Om. », marquant par là une forme de méditation ou de réflexion.

Le roman raconte l'histoire d'une femme qui médite dans la rue. Un narrateur masculin, alors qu'il cherche « une maison de la poste », se surprend à observer cette femme de l'autre côté de la rue. Ici s'arrêtent les actions des personnages. Le seul autre événement qui marque cette histoire, c'est évidemment la maison qui brûle, maison appartenant à la femme qui médite. Les relations entre les personnages et l'espace sont donc restreintes à la rue, l'homme ne parvenant jamais à trouver la maison de la poste alors que la maison de la femme a déjà brûlé.

La trame narrative, en apparence mince et banale, prend un tout autre sens si l'on considère que le narrateur observe une femme qui, de son côté, médite sur la place que doivent prendre la littérature et l'art en Acadie. La maison brûle pour faire place à une nouvelle littérature, à une nouvelle romancière, libre de couler de nouvelles fondations. L'incipit souligne d'ailleurs la réflexion sur l'art dans le contexte acadien : « C'était une ère à se demander si l'art servait réellement à quelque chose et si les artistes pouvaient être rentables. »

Tout le roman traite, de façon dérivée, d'art et de littérature. Contrairement au roman précédent, le narrateur discourt ouvertement sur la littérature, même s'il utilise toujours la maison comme métaphore de l'œuvre en devenir. Il veut « altérer, pour ne pas dire inverser, le cours de la littérature », mais il subit une « passivité dirigée », qui est en fait « la seule façon d'arriver encore à écrire un peu ». Cependant, il subsiste une grande différence entre le *vouloir-écrire* et le *pouvoir-écrire*. Malgré sa volonté d'écrire, le narrateur soutient qu'il « [...] n'avai[t] aucune idée de ce que pourrait une fiction à partir de personnages qui ne voulaient plus bouger, car on ne peut tout de même pas forcer les gens à se déplacer ».

Tout comme la femme figée, le narrateur se trouve aux prises avec des personnages également figés. Par conséquent, la possibilité de la fiction existe, mais elle ne semble pas pouvoir se déployer car « [...] il n'était pas du tout évident que l'histoire allait de l'avant ». L'histoire croule sous le fardeau de la passivité, de l'immobilisme, ou sous l'effet du feu. La femme ne parvient pas à se libérer de cette œuvre qui brûle toujours, qui ne peut être habitée. Elle finit par accepter cette réalité comme un fait et, à partir de cela, « [t]out ce qui arrive, tout ce qui peut encore se passer doit avoir lieu à partir de ce fait. C'est la seule histoire possible. »

Ainsi, pour prendre possession d'un lieu, pour s'établir *dans* la littérature, il faut accepter de détruire la maison et de rebâtir. De toute évidence, *Histoire de la maison qui brûle* n'est pas encore cette « vraie chose », ce premier roman daiglien qui s'approprie l'espace. Il faudra attendre de lire les œuvres suivantes.

Une anecdote assez révélatrice permettra de conclure cette incursion initiale dans l'univers de France Daigle. Dans un cours que je donnais à l'époque à l'Université de Moncton, une étudiante m'a un jour demandé s'il fallait avoir complété des études doctorales pour apprécier les premières fictions daigliennes. Elle avouait ainsi que le texte proposait des codes auxquels elle n'était pas habituée.

Évidemment, par rapport à l'offre romanesque acadienne du milieu des années 1980, l'œuvre de Daigle détonne. J'ai répondu à la jeune lectrice qu'il ne fallait qu'un minimum de curiosité pour apprécier ces romans. Que le véritable travail d'appropriation des œuvres de France Daigle commence habituellement à la suite d'une première lecture.

En ce sens, espérons que les clés de lecture offertes ici serviront au lecteur qui se donne la peine de déverrouiller les portes de ce monde fictionnel atypique et unique. Une œuvre profondément singulière.

Benoit Doyon-Gosselin
Université Laval
mars 2013

Sans jamais parler du vent

Roman de crainte et d'espoir que la mort arrive à temps

Des fois ce que l'on croit qui n'a aucune importance au fond. Tout ce qui commence, tout ce qui a commencé dans le plus grand désordre. Comme si pour comprendre quelque chose de grand, regarder quelque chose de grand. La mer, une espèce d'immobilité. L'impression que pour nous il est trop tard.

Avoir beau. On a beau s'en éloigner, on s'en éloigne, ceux celles qui finissent toujours par revenir. Ce qui est sans cesse et sans fin. Sans commencement aussi je crois. Croire. Des fois ce que l'on croit qui n'a aucune importance au fond.

La mer, s'arrêter un peu, la regarder. Qu'elle se soulève parfois comme si d'elle-même elle pouvait se soulever. Ne pas toujours penser au vent. Un volet, sa penture qui grince. Les très grandes pages d'un cahier. La peur de s'imaginer. Tout le travail qu'il faut parfois, la peur de se l'imaginer. Beaucoup de temps entre les verbes les chiffres donc. Nombreux comme dans fibreux l'amour. La maison que l'on entend bâtir et qui sera un chef-d'œuvre.

Être parti un matin de décembre. Une casquette, un foulard. Cracher. L'impression d'appartenir à un autre âge, une autre époque. Des wagons entiers de militaires en permission qui ne vous regardent même pas. Jeunes. Absorbés. Qui ne s'intéressent pas à vous. Les premières nuits innombrables les passer dans des bistros de gare. Fumer. Aucune envie de dormir et ne pas parler. De temps en temps quelque chose. D'autres voyageurs sales et tranquilles que plus rien ne presse. Ne pas parler, comme si c'eût été la seule façon.

Je ne voulais rien, arriver nulle part. Entre deux trains rester en gare, entre deux gares prendre un train. Cela qui n'a rien à voir avec la vie, ce qu'on appelle la vie. Je n'avais plus de nom. Personne ne m'appelait et je n'offrais rien. Je ne pensais à peu près plus. Certaines choses m'étaient concevables et je les faisais. Parfois j'avais très faim. Froid. De sorte qu'il fallait souvent entrer quelque part. La plupart du temps des portes déjà closes que je refermais derrière moi. Se souffler dans les mains. Voir son haleine. Et ainsi de suite nombre de ports de mer où tout cela déverse jusque dans la rue. Des rires, de ces mugissements qui vous accrochent au passage. Un autre genre, une autre époque.

Les bateaux ne passent pas ici, jamais les bateaux. Elle, ce qu'elle en dirait elle. Ce qu'elle en dit parfois. Le soir autour de la table, ce que nous en disons. Ce que nous croyons savoir puis ce que nous savons. Finir toujours par revenir. Au début lorsque cela se met à tenir du roman puis après, lorsque loin d'elle tout nous épuise. Un autre genre, une autre époque.

Craindre. Craindre un peu comme on craint parfois pour un enfant fragile ou trop curieux. La nuit cependant. La nuit un peu l'impression de gagner le combat. La nuit lorsque je ne tremble pas. Tout ce qui est plus sûr alors. Obtenir la grâce des femmes. Être en état d'elle, l'attendre. Des phrases plus sensées plus complètes, une écriture qui n'hésite pas. La nuit ce qu'on ne veut enlever à personne. La nuit comme si on ne tenait pas à gagner le combat.

Puis un jour qu'il vente, avoir pris sa décision. S'embarquer. Des noms de ville qui ne comptent plus alors et même son nom propre, le donner. Se laisser appeler. La force de ses seules mains alors, de son seul corps. Tous ceux celles qui marchaient en nous jusqu'alors et qui nous paralysaient, les faire travailler. Ceux celles que nous abritions et qui nous habitaient. Ce qu'il est alors réellement possible de changer. Les structures de moins en moins évidentes et pour cette raison la nuit se fier aux endroits allumés, aux endroits qu'on allume.

Revenir comme parfois une odeur revient. Une sensation de parole comme si l'espace et le temps n'avaient donc jamais compté (vendu). De longues pensées qui n'aboutissent pas, des images fixes. En pleine immobilité tout ce qui s'arrête sur vous. Un visage de femme, un passé. Toutes sortes de choses concrètes qui se mettent à vous suivre sans besoin de se retourner. Marcher, tâcher de comprendre.

Les enfants parfois comme si c'était moi qui les avais portés (vendus). Ce qui n'a pas d'importance au fond, notre histoire sans importance. Des enfants comme si cela ne nous appartenait pas. Ne plus trop savoir combien d'ailleurs. Quinze, seize. Tout cela qui se mêle et se perd. Notre richesse. Les enfants, ni comment ni combien. Et de toute façon qu'ils ne soient jamais tous là. Au moins cela les enfants, jamais tous toutes là.

Vivre ainsi depuis toujours, avec toujours tout ce qui risque de se produire. Bien sûr tout leur donner. Les enfants, ceux celles qui viennent quand on les appelle. Avoir beau. On a beau les appeler parfois ceux celles qui ne reviennent pas. Mettre les couverts, hésiter sur le nombre. Préparer un repas comme on prépare un départ, ne rien dire en travaillant.

Parfois encore le besoin de se sentir entouré, d'autres fois la peur de se perdre en eux. Ne plus avoir besoin de sa vie proprement dite. Puis ces femmes qui vous regardent. À travers la fumée des gares et des trains ces femmes comme si je les avais moi-même portées (vendues). Dans un café quelque part où cela ne dort plus depuis fort longtemps.

Parfois lorsqu'en moi cela avait besoin de bouger (de vendre). La continuité du paysage alors, vue d'un train. Justement comme si cela ne devait jamais s'arrêter. Ne correspondre à rien. La possibilité de demeurer tout à fait immobile, de ne rien donner. Et en soi ce quelque chose qui refuse de dormir absolument.

Riche, ou riches. Une grammaire hypothétique. Elle, ce qu'elle en dirait elle. Ce qu'elle en dit parfois. Autour de la table en mangeant, les enfants, ce qu'ils en savent peut-être, ce qu'ils disent parfois. Une odeur bien particulière au fond. Ces choses que la maison est seule à connaître.

Prendre son temps. Une ponctuation lente, espacée. La maison qui se construit, essayer parfois de l'habiter. Comme si ce n'était pas surtout elle qui nous habitait. Elle, parler encore d'elle. Comme si c'eût été possible qu'elle soit encore là.

Au début lorsque la mer fait bien son travail et qu'il n'y a aucune raison de descendre à terre. Les escales des autres au fond. L'évidence lorsqu'elle frappe, le métal lorsqu'il monte. Un autre âge, une autre époque. L'impression de n'avoir jamais été sale. Les mots une fois qu'ils commencent à venir. L'esprit clair et vif du sujet.

Recourir à des mots de grandes villes à cause de la qualité extrême de l'expérience. Parler plusieurs personnes à la fois de la maladie qui les hante. Ne pas saisir tout à fait le sens des passions et ne pas être sourd pourtant. Sentir sur son dos ce qui jadis nous faisait faire demi-tour. Choisir mieux son souvenir. Trouver sa place, sa démesure de famille. La difficulté d'en rêver.

Parfois pendant des journées entières comme si la vie ne nous concernait pas, comme si la vie elle-même avait autre chose à faire. Cela qui ne se voit pas. La force des choses, celle qui ne fait plus aucune différence. Ceux qui viennent quand on les appelle, ceux celles qui au début tenaient à vrai dire ce roman. Au début ceux celles puis aujourd'hui ce qui veut exister partout. Comme s'il y avait vraiment une histoire et qu'il fallait à tout prix la raconter.

L'arbre donc, en parler comme possibilité de forêt. L'arbre lorsque parfois il vente et que ce ne sont pas les enfants qui jouent dedans. Les domestiques alors, puisqu'il faut toujours les rappeler. Leur rappeler. L'arbre comme possibilité de table, de livre ou de vent. Le soir en mangeant, tout ce dont on parle autour du seul arbre.

Parfois le voyage en autocar. Tout ce qui ne coûte pas cher. Rouler. Traverser une carte entière pendant la nuit, tous les pays que l'on ne verra pas. Comme une sorte d'héroïsme, la perspective qu'il faut pour parler de ce genre de chose. Le point de vue, avec ou sans cigarettes. Craindre une habitude que l'on n'a pas. N'avoir pas envie de se raconter. Le blanc de mémoire comme autre ville reposante. Ne rien souhaiter vivement. Ne plus savoir où aller pour écrire cette chose que tout continue pourtant à nous faire parvenir.

Dans les cafés s'habituer en silence à ne pas prendre tout ce que l'on peut avoir. Le héros de personne, en parler pour se taire. Souffrir que tout se tienne parfaitement et irrémédiablement bien. Marcher. De temps à autre trouver sa position exactement, poser un geste fort. Faire ce que l'on fait sans but et sans espoir, parce que cela a sa place tout simplement. Et dans ces cafés lorsqu'une femme me regarde, le danger alors d'être un homme. Pour la femme surtout, le danger d'être un homme.

Tout cela qui n'arrive pas. Pendant des journées des semaines entières parfois ce qui ne paraît pas, ne se montre pas. N'avoir pas encore parlé (vendu) du brouillard, cet air gris ou bleu. Le sens des couleurs, des indications comme telles. Ce qui se passerait ici. L'onde alors. Le bruit de l'onde. Ce que l'on ne voit pas mais qui se laisse entendre. Quelqu'un qui arriverait quand nous ne sommes pas là. Tout ce qui arrive de toute façon. Tout ce qui est arrivé.

Se ressembler, par où cela passe que nous nous ressemblions. Le nom que nous portons comme si cela avait de l'importance au fond. Cela qui agit sur nous comme pouvoir, le verbe, et de son nom pouvoir, le substantif. Le complément comme quelque part la force des choses, les formes qu'elle prend. Un roman que j'écrirais et qui serait un chef-d'œuvre.

Au début lorsqu'il me semblait avoir tout à faire, toucher (vendre) à tout avant d'arriver à cette femme. La barbe comme si cela correspondait à quelque chose. Ne pas parler parce que se rendre compte que depuis toujours n'avoir parlé (vendu) que d'elle. Ne savoir parler que d'elle. Et quand se taire alors se taire aussi d'elle, celle, la femme que j'aimerai et qui me détruira.

Être parti un matin de décembre, il faisait froid. Ceux qui racontent tout comme ça tout de suite en partant et depuis qu'ils sont partis. Leur histoire, celle qu'ils racontent pour que tout le monde entende. Parler fort, s'exclamer. Des voix qui arrivent jusqu'à moi en de tels moments. Des pauses, parfois des virgules, des points. Des hésitations. Ne plus se savoir au juste.

La vérité au sujet de la maison, cette idée de hauteur et de grandeur que nous en avons. Des pièces des cloisons un grenier. Une cuisine, sa grande table de bois, des fenêtres. Des bateaux qui ne passent jamais. À vrai dire ce que nous faisons ici face à la mer. Ce qui est important. Ces choses qui arrivent et durent malgré elles. Malgré tout. Malgré ceux celles.

Un mot pour nommer cette chose que l'on dit vivre et la maison, les moments qu'elle est seule à connaître. La chose vive, se taire et en parler. Vivre, comme si cela pressait. Nos instances de départ et ces endroits où aller. Vivre, y arriver y parvenir. Ce que l'on ne supporte pas la nuit. Le combat, la douleur. La nuit quand toute chose finit par venter. Vivre ou résister, autrement ne pas savoir, ne pas pouvoir. Comme si autrement n'existait pas.

Regarder la mer, se dire que cette fois-ci peut-être on sera malade. La maladie comme une chose qui se doit d'arriver après tout. Même malgré une espèce d'habitude. Et à la fin le mal de mer tout comme le mal de terre depuis qu'en nous le voyage défile sans arrêt. Changer de chaise alors. S'asseoir tant et tant que cela suffira. Puis au bout d'un certain temps tout ce qui ne déchire plus, même pas un tout petit peu vers la fin. Qu'une chaise ressemble à une autre chaise parfaitement, et de l'une à l'autre se ressembler parfaitement. S'y rassembler.

Le décor alors. Des tables jaunies, une nourriture fade. Des endroits sans classe avec des gens que la classe ne préoccupe guère. Chez les uns cela qui déchire, chez les autres ce qui n'arrive pas. S'avancer, se raconter. Vouloir se libérer de toute importance. Son passé indéfendable, intenable même. Vivre là exactement où les autres sont de passage. Vivre de passage là où les autres ont une histoire qu'ils qu'elles revendiquent. Notre histoire qui ne compte pas l'écrire. Ne plus se demander à la fin du conte si les choses se suivent. Arriver à conter ou à faire compter, tout simplement.

Parfois le matin comme si nous avions une personnalité propre. Le matin alors la richesse qui ne compte pas toujours. Manger comme si quelqu'un avait eu faim, et la nuit donc ce que nous perdons peut-être. Ce besoin d'elle aussi. Avoir besoin d'elle comme si elle n'eût plus été là. La nuit alors comme si nous avions espéré autre chose. La nuit alors comme ce que nous oublions parfois qui est peut-être important.

Tout ce qu'il faut pour qu'une idée soit claire. L'idée claire comme denrée rare, quelques-unes pour chacun. Pour le reste, de la matière, de la masse. Tout ce qui reste à être façonné. Pleurer en mangeant ses frites. Avoir triste et faim puis rien, retour à la matière, la masse. Tout ce qui en nous fait partie des cloisons d'une maison.

Manger tout ce que l'on trouve dans son assiette, qu'il ne soit ni original ni ingénieux de laisser des restes. Devant soi une assiette blanche et vide comme une disgrâce. Ceux celles qui mangent tout, que l'esprit soit ailleurs. Qu'ils qu'elles parlent peu, que cela ne soit pas leur affaire. Des idées claires comme par accident de parcours puis rien, la matière, la masse. Se détacher très vite des quais, à un point tel qu'on peut se demander à la fin comment approcher les choses. Déboucher de partout en même temps et à la fin, le mal de terre tout comme le mal de mer.

Se sentir invincible et doux. Avoir eu besoin de toucher à tout avant d'arriver à cette femme. Caresser une tige de blé en pensant au vent dans ses cheveux. Ne parler que d'elle, ne rêver que d'elle, lui revenir toujours quand les gens se racontent. Situer les choses quelque part dans l'espace et le temps, comme si cela existait vraiment l'espace et le temps. Toutes les caisses de marchandises que l'on embarque pour expédier partout au monde lesquelles jadis se rendaient jusqu'à nous. Jadis quand nous étions là pour les recevoir. Les uns à la suite des autres les navires qui sillonnent la mer à force de bras. Suer. Cela qui vient de loin sans que nous le sachions.

À un moment donné l'histoire du monde d'après les navires que nous avons chargés. Une autre ère, une autre époque. Puis les bras et les mains de ceux qui écrivent. Ceux qui suent en travaillant avant d'aller toucher à une femme quelque part qui les attendrait. Une femme qu'ils ont peut-être créée de toutes pièces, de toutes les grosses pièces de leur machine et que leurs mains raclées toucheront, caresseront. La peau blanche et fragile de toute histoire, irrémédiablement.

Puis cela qui se met à se taire en nous. Au début, quand le silence frappe. Ceux qui arrivent alors, ceux qui viennent. Ce que l'on croyait jusqu'alors puis ce qui se met à importer (à vendre). Le matin autour de la table parfois, comme si le jour allait vraiment prendre forme. Se mettre à voir des différences. Ici et là des points de fatigue comme des points de repère. Pouvoir comme si nous y pouvions vraiment quelque chose. Notre vie, croire que tout dépend d'elle. Elle. Parler encore d'elle.

Une mer ou une mère parfois, le danger d'en parler. Le danger comme quelque chose qui vient de loin puis cela qui se met à se taire en nous. Ce silence qui frappe d'abord et avant tout. Ne plus se souvenir. Son âge, son époque. Tout ce qui ne change pas. Ses dettes, les oiseaux qui volent au-dessus de la mer. Parfois six, huit. Douze. Une fois en avoir compté douze. Comme si c'était important de voler (de vendre). L'histoire d'une famille qui vole en ligne droite. Les uns à la suite des autres comme si c'était important. Peut-être des canards.

L'embrasser. Capable de douceur malgré des mains raclées. La douceur tout à coup lorsqu'elle se fraye un chemin jusqu'au bout de vos doigts, de vos pensées. Gestes. Nombreux comme dans fibreux l'amour quand on le tient et qu'il nous prend. Sentir toute la vie qui nous y a conduit. Debout. Fort. Solide.

Quand cela fut fait et qu'après il nous revenait d'être libre entièrement, quand cela fut fait et que, se tenant debout sur un quai, les bateaux partaient. Les plus beaux voyages alors. Dans les cafés alors ces femmes qui vous ressemblent vous reconnaissent vous regardent. Un visage, partout le retrouver. Se fatiguer finalement d'une porte toujours ouverte parce que dehors le vent et toujours quelqu'un entre ou sort. Des courants d'air, des halètements d'esprit. Regarder sa montre comme si un navire devait partir d'une minute à l'autre et que l'on comptait s'embarquer. L'esprit clair, le souffle coupé.

Le temps qu'il fait parfois si l'on se met à avoir peur, les choses lorsqu'elles se rapprochent de plus en plus de nous. Quand cela tient du roman depuis un certain temps déjà et que la vieillesse commence à en avoir pour son âge, son époque. Comme si pour l'empêcher de partir décrire les choses telles qu'elles sont en réalité. La réalité. Le tour d'une question. Le matin quand tout cela se dessine. Le matin quand tout cela est dessiné d'avance et que nous mangeons comme si nous avions faim. Le matin parfois lorsque la nuit n'avait pas besoin de nous.

Donc les choses qui se passent que nous ne pouvons pas vraiment comprendre. La réalité. Regarder la mer pour voir. Se douter. Au grenier pour une raison ou une autre la vieillesse. Se demander si on va bien. L'arbre quelque part à côté comme si cela tenait du rêve sinon rien, la matière, la masse. Un fouillis d'histoire. Tout ce qui se laisse supposer. Des canards peut-être, regarder voir s'ils volent. Ce qu'ils volent. Les uns à la suite des autres. En bas, la mer comme la maladie parfois, ce dernier lieu que nous savons.

Prendre ce navire, avoir attendu avec raison que le temps ne se perde pas complètement. Arriver quelque part, puis un jour les quais que nous comprenons. Un jour avoir rêvé (vendu) d'une femme et la chercher partout depuis qu'on sait qu'elle existe. Prendre un jour ce navire afin qu'elle nous trouve. Grand et propre, désirable.

Cracher comme par défiance. Notre vie et ce qu'elle a été jusqu'à présent. Marcher les mains dans les poches, penser aux choses simples. Un jour tout ce qui ne sert plus à rien. Se défaire de tout ce qui s'était accroché à nous et que nous laissions traîner. Se défaire de ce qui s'était mêlé de nos fils, de nos filles. Tous ceux celles que nous étions et qui nous exploitaient. Ne pas savoir la chose qui blesse. Ce métal qui monte. Faire un avec son navire, se pointer. Avoir ses raisons. Laisser au discours des choses à se parler tout seul. Voir son âme en clair et propre, marcher en son nom.

Les choses que l'on ne poursuit pas ou qui ne nous poursuivent pas. Petit à petit parler de sa condition d'homme. L'hiver les portes qui ne claquent pas et dans la maison tout ce qui se promène alors. L'hiver un peu comme s'il y avait toujours quelqu'un en train de dormir. L'hiver comme s'il était enfin permis de se reposer longtemps. Marcher doucement. L'impression qu'ils sont à peu près tous toutes là, penser à ceux celles qui pourraient manquer. L'hiver, avant qu'une chose frappe. Une maladie peut-être.

Déjà se demander comment cela peut finir. Déjà une espèce d'agonie du bonheur. La difficulté de s'imaginer au fond. La vraie histoire le peu que nous en savons. Puis cette autre histoire comme si nous savions choisir bien. Récupérable, un roman qui le soit. Son passé intenable, indéfendable même, la place qu'il prend. La maison, adéquate au fond. Assez pour que demain vienne de lui-même. Convenable. Des endroits où dormir, des lieux qui ne se discutent pas.

L'amour quand il surgit, notre aptitude à lui répondre. Les mots quand ils se servent tout seuls, ou alors de nous. Les mots les voyages qu'ils font et un jour la fin à laquelle ils touchent. Avoir fait ce qu'il y avait à faire, s'endormir le poids d'un livre sur les genoux. Passer d'un lieu à l'autre sans que cela ne fasse de différence. Avoir ni froid ni chaud, une température qui soit entière, parfaite.

Un livre que liraient les capitaines en voyage. Récupérable, se demander si on l'est. L'utilité des hommes selon les hommes. Le livre comme un endroit où la question ne se pose plus. Les questions que ne se posent plus les capitaines en voyage. Un état de différence qui n'existerait plus. Aller et venir la nuit, rêver des paysages utiles malgré tout, privilégiés de servir. Raconter, mentir si nécessaire. Que tout soit vérité en fin de compte. Réussir un peu à force que personne ne nous parle.

Entre nous le fait qu'il y avait tous les obstacles. Un seul et puis tous. Entre nous les coins les plus infects où craindre pour sa vie, sa santé. Dans ces coins où dormir malgré tout, la revoir en plus grand et en plus clair que jamais dans ses rêves. Se réjouir d'un voyage qu'on ne fait pas seul. Devenir répugnant et sale afin de ne pas attiser leur désir. Ne pas vouloir être l'homme qu'elles regardent, qu'elles pensent. Être plus libre encore en arrêtant de bouger complètement. Une espèce d'immobilité par laquelle laisser défiler le temps avec tout ce qu'il nous passe. Tout ce qui finit toujours par passer. Ne penser à rien, ne jamais laisser d'adresse.

La musique alors de son oubli. Souffrir dans un instrument ou un autre. S'accorder, se vouer. Prendre des divers inattendus. Se rendre compte jusqu'à quel point tout ce qui ne veut pas bouger n'a aucune intention de bouger. Nos intentions. Écrire une lettre puis un jour l'adresser. Avoir beau. On a beau s'en éloigner, on s'en éloigne, ceux celles qui finissent toujours par revenir. Ce qui est sans cesse et sans fin, sans commencement aussi je crois. Des fois ce que l'on croit qui n'a aucune importance au fond.

Compter vivre longtemps encore et de plus en plus souvent d'ailleurs. Vivre ou mourir comme une décision à prendre. S'y perdre comme dans la maison. Les chambres inégales de la vie. Laisser cela coucher un peu où cela veut. La maison, celle que nous sommes en train de bâtir, celle qui nous devient. Les murs, entre eux des conversations. Parfois même très tard dans la nuit. Sous-estimer son œuvre. Laisser arriver une lettre, lui faire entièrement confiance. Écrire comme s'il ne revenait qu'aux femmes d'aimer.

Signaler comme cela en passant les journées entières que les enfants passent dans l'arbre. Les enfants. Au début ce qui était un peu des filles des garçons puis cela qui se perd un peu. Les enfants. Parfois comme si je les avais moi-même portés. Cela qui un jour s'arrache à vous. La mère comme une maladie si on lui résiste, celle qui prend tout. Enfants d'hommes, enfants d'enfants. Comme si c'était possible.

La vie à contre-courant, le livre comme ballast. Cracher par amour. Ce que l'on touche qui nous salit, ce qui un jour nous tombe dans les mains. Changer de chaise. Cela qui a très faim et la soupe de chacun. Une faim comme toutes les langues. Insatiable. Insoluble. Incalculable. Une seule faim, toujours la même. Omniprésente. Qui porte du pain à sa bouche.

Les capitaines ce qu'ils savent et pourtant ce qui partout s'ignore. Cela qui se répète. Inlassablement le mal quand il frappe ce qu'on lui résiste alors. Cela qui nous étouffe. Le travail alors comme une occasion pour l'esprit. Cela qui commence puis cela qui finit. Le travail comme force, puis en très clair se demander si et comment la mort arrive. Son mal d'acier sur une mer plus large encore.

Des images, quelques chiffres. Un volet qui pend, des oiseaux sur la mer qui sont peut-être des canards. Toujours quelque part la possibilité d'une lettre. Écrire. La difficulté de s'imaginer autre chose et d'ailleurs à quoi cela servirait. La boîte sur la cheminée, celle qu'un jour on finit par découvrir ou qui finit par s'ouvrir à nous. Le sujet indistinct d'un verbe. Une action, son infinitif présent. Illisible, et puis l'âge que nous avions.

La femme, celle que j'aimerai et qui me détruira. Marcher irrémédiablement vers sa fin. La direction difficile d'un navire à prendre. Le roman ou la direction de ce que nous avançons. Un point de non retour vers l'avant. Jadis quand on ne nous appelait pas. Un jour prendre nom comme on dit prendre femme et la direction qui s'offre alors. Que l'on prend et qui nous détruira peut-être.

Bien sûr tout lui donner, lui faire entièrement confiance. La mer, son ventre quand elle respire. Le très long voyage de chaque vague quand elle se soulève. La vague quand elle prend forme afin que la mer arrive. Sortir de l'eau, sentir la direction, générale et vaste.

Tout ce qui n'existe pas encore, tout ce que nous ne pouvons pas encore savoir. Et tout ce qui existe par le seul fait du temps. Le danger de trop croire, de trop savoir de qui et à quoi tenir. Comme si chaque instant ne restait pas à voir. Comme si c'était possible de vivre à l'avance. La qualité nouvelle de toute chose bien sûr puis inévitablement le côté très évident de toute chose.

Un seuil de porte comme une espèce de certitude et tout ce qu'il ne nous appartient pas de toucher du doigt. Se référer à l'innommable, l'innombrable. Le creux d'une langue comme le creux d'une vague, parler à force de soulèvements. Se taire, parler sélectivement. Tout le temps dont dépendent sa langue et son langage. En peu de mots le pays d'où venir. Et finalement la maison y arriver, y parvenir.

La distance, s'en rendre compte après comme d'une chose voyagée. Survivre, être appelé à arriver (à vendre). Son nom comme volet qui grince. Ces mers fortes auxquelles on n'avait pas pensé. Celle qui après tant d'années et malgré une espèce d'habitude nous fera peut-être chavirer. Le voyage à coup de promesses. Le temps, la preuve qu'il passe. Plus tard son cœur qui lèvera devant un robinet ouvert.

Parfois quand ce sont les hommes qui me regardent comme s'ils pouvaient voir la femme en moi. Une femme en soi, pouvoir la toucher (la vendre). S'absenter malgré tout. Prendre congé. Une maison, ses domestiques. Écrire comme pour se défendre d'avoir habité ce lieu. La mer, son hublot. Pendant des heures des jours entiers parfois. Ces jours que le travail ne prévoit pas, ces jours qu'on nous abandonne. Le hublot quand la mer prend tout son sens et qu'elle obtient ses préférences. La mer lorsqu'il n'a jamais été aussi difficile d'arriver. La mer, son hublot lorsque la terre ne passe jamais, jamais la terre.

Parfois quand on se fatigue. Qu'il ne soit pas toujours possible d'interdire le fil de ses pensées. Les fils les filles de ses pensées. Ne plus savoir par où faire passer la beauté. Être faible et proche de l'idée de ce monde. Rester toujours ici. Adhérer comme une définition aux limites de la matière. Penser à quelque chose pour la première fois, la structure inusitée de sa maison. Un roman, son titre. Autour de la table en parler pour que cela se précise. Ceux celles qui sont là.

Quinze ou seize donc. Deux trois quatre, quinze ou seize. Tout cela qui ne se termine pas d'un seul coup. Une table de cuisine suffisamment grande quand nous croyons tous toutes être là et de toute façon manger. Ce qui est évident d'ailleurs. Manger en parlant. Rire et parler en mangeant à même le bois. L'arbre, s'en servir absolument. Se ressembler, et la chose indéchiffrable alors la rassembler. Être de son temps.

Le travail quand tout cela s'essoufle et se déploie, le travail quand il ne pense pas à nous et que nous ne pensons pas à lui. La cuisine d'un navire. Le travail et tout ce que tout le monde en sait, les formes qu'il prend. S'arrêter pour manger, la nourriture que l'on sert et ceux qui nettoient leur assiette. Les grosses mers imprévues et les poubelles qui se baladent partout parce qu'elles ne sont pas attachées. Des appétits normaux, des restes normaux.

Signaler en passant l'homme comme chose ancienne qui se balade la nuit parce que cela n'est pas attaché. Aimer par surcroît. Ne pas toujours tellement tout comprendre. Parfois retourner habiter une maison. Prendre des notes, des images. Les mots quand ils n'ont plus de poids. Franchir l'étape difficile de la gravité. Sérieusement.

Souvent à deux ou à trois dans le même fauteuil tourner les pages d'un grand livre, ses images. Le temps qu'il fait en trop alors. Le sable trop chaud l'air trop lourd, la ville trop grande et trop bruyante. Les domestiques, les lettres qu'ils qu'elles se mettent à lire. La boîte que l'on ouvre, le papier que l'on touche. Tout cela qui vient de loin aussi et puis leur fauteuil préféré. À deux ou à trois regarder un livre, ses grandes images. S'endormir les yeux vidés, le poids d'un livre sur les genoux.

Parfois ainsi lorsque rien n'a bougé pendant des heures. Se rapprocher alors de nos voyages. Plus haut ceux celles qui dorment, s'amusent, des jeux visibles et invisibles. Des lits à deux trois quatre places, une chambre à se demander qui. Ici et là des marches à monter à descendre. Quelque part un grenier d'où voir les oiseaux sur la mer et les bateaux qui ne passent jamais. Des idées de bâtisseur.

Les hommes, ce qui se parle entre eux. Se préparer à ne plus avoir de racines. Changer beaucoup et souvent. Les distances uniques, le pressentiment d'autres eaux. La montagne un jour, l'apercevoir comme si elle n'eût pas toujours été là. Passer de l'autre côté sans rien dire, sans passer par les mots. Le roman, l'habiter absolument. Passer d'un lieu à un autre sans le temps qu'il faut normalement pour ces choses. Le paysage alors, sa continuité malgré les frontières et nos passeports.

Les pays, ceux en guerre et ceux en paix. Les régions du globe où la chose se débat. Des couleurs qui évoluent trop vite pour qu'on les nomme, des plages verbes. Des bouches de canons dissimulées et le calme qui règne pourtant, le point juste de toute armée. Avoir toujours su le fait de déraciner une plante. Lâcher prise de sa terre, de sa maladie. Une main qui ne tremblerait pas, écrire le doigt sur la gâchette. Le point de rencontre de tout mal.

Malgré tout la chose à faire. Les générations comme si elles ne savaient parler que d'elles-mêmes. Cela qui nous étend et nous étire, nous prend forme. Tout ce qui arrive en courant et en laissant claquer la porte. Les générations, celle qui rampe puis celle qui grimpe. Celle qui peut atteindre la boîte sur la tablette de cheminée puis celle qui s'endort le poids d'un livre sur les genoux. Sans qu'il ne s'agisse d'un livre pour enfants pourtant. Les domestiques alors, regardant tout, riant leur foi. En plein jour un vent comme laisser courir un livre sur le clair de son temps. Les saisons, celles qui se frôlent en passant les unes à côté des autres.

Et tous les jours travailler et tous les jours se reposer. Être de grande industrie, soigner ses racines. Le temps comme s'il était compté alors. La vague au compte-gouttes comme si rien ne pouvait l'empêcher d'atteindre le rivage. La guerre et la paix puisque cela doit faire mal quelque part. La musique à tout prix. Comme parfois au bout d'un très long silence comme au bout d'un très long voyage une maison, s'y arrêter.

Parfois aussi au bout d'un très long voyage comme au bout d'un très long silence le son de sa propre voix. Les mots qui surgissent alors, les mots malgré ce que l'on pense et ce que l'on voit. Ce que l'on croit. Ces mots dont nous nous étions passé jusque-là. La fièvre de se frayer un chemin quelque part puis la route que cela trace en nous. Passer. Comme une passion les mots qu'il n'est plus possible de taire. Le roman comme structure contre laquelle appuyer ses voyages, le cadre d'une porte. Les frontières alors, puis le devoir de rester en place. Les mots les assaillir, les arrêter. Décisivement. Incisivement. Comme l'amour incisif.

Et malgré tout ce qui n'arrive pas partout à se montrer, à se laisser voir. Ranger ou déranger, les choses qui ont le même effet. Ce qui ne ressort pas, ne sait pas éclater. Ne saute pas aux yeux, ne se distingue pas. Le relief alors et la qualité de toute chose inévitablement. Nombreux comme dans fibreux l'amour et le soir parvenir à se coucher, raconter tout afin de s'endormir. Les domestiques alors, ceux celles qui viennent, restent à dormir avec nous. Ce qu'ils qu'elles racontent alors. La grande pièce, en reparler souvent. Les domestiques, ceux celles qui s'en souviennent.

Lorsque dormir ailleurs et que parfois sur le sable les étoiles tombaient. Se raconter des histoires de seul à seul. Ceux celles qui parfois ne viennent pas, qui souvent ne veulent pas venir ou ne peuvent pas y aller. L'arbre alors. À deux ou à trois l'arbre et des histoires à se raconter. De seul à seul ce qu'il est alors en notre pouvoir de faire. Prendre soin de ce qui dure encore un peu malgré tout.

En moi l'homme donc et pourtant ce principe féminin. La difficulté alors. Bousculer ainsi tout de suite et facilement comme on penserait un obstacle. Sortir d'un café parce que notre présence ne fait qu'irriter les voyageurs. L'expérience vive alors, extrême. Incomparable. Une nuit comme ça tomber (vendre) dans ses bras et se toucher comme si entre femmes la chose normale. Comme si bientôt avoir assez de route pour être cet homme, activiste et magnifique.

Ne point s'attendre. Trébucher comme ça tout de suite sur ses propres mots, son propre style. Ses racines depuis qu'elles ne tiennent plus à grand-chose. Un sol sec, aride. Qui ne pardonne pas. D'où venir. Dans des wagons enfumés s'interroger sur les haillons dont s'habillent d'autres voyageurs résolus. Ne pas vouloir être le héros de sa propre histoire. Le coup de l'expérience qu'un style accroche sur une feuille au passage. Les mots, ceux qui ne viennent qu'après.

Puis lorsque le soleil se montre, paraît, transparaît. Se souvenir. À ceux que cela arrive de passer des moments seuls. Ce que nous voudrions tellement puis ce qui arrive, se produit. La chose agréable lorsqu'elle se répète. Les petits, la boîte dans les mains. Sentir qu'ils l'ouvrent, le papier qui se déplie. Ses lettres, le bruit qu'elles font courir. Ce qu'elles résonnent dans nos têtes. Le sifflet d'un bateau qui passe mais qu'on ne voit pas. Jamais, les bateaux ne passent jamais.

Douter de la surface des mots, des choses. Ce qui finit toujours par trouver une issue, la maladie comme si elle n'en pouvait plus. La surface des murs puis ce qui circule sous ses plâtres. Des pensées à peine pensées, que les mots n'ont pas encore appelées (vendues) à l'existence. Les mots, tous ceux celles qu'il faut appeler pour qu'ils viennent. Les mots, passer de leur côté. Tenir d'un roman qu'une bataille soit livrée ou non. Vaincre ou non. Des conflits vagues et impersonnels.

Parfois la nécessité de tout reprendre à zéro. Les chiffres alors, les nombres. Parfois souvent la nécessité de faire tout de suite les voyages qu'on gardait pour la fin. Ces choses que l'on se réserve d'aimer. Ce que l'on ne partage pas, ce que l'on refuse de diluer de passé ou d'avenir. Les pays en guerre puis ceux pour lesquels on se bat. Ceux qu'on défend. Le pays, celui d'où l'on vient et celui d'où venir. L'amour, les formes qu'il prend. Comme si cela existait vraiment cette chose dite amour, que même les mots n'arrivent pas à déplacer. Les mots qui eux non plus ne veulent pas être des héros.

Des livres, à lire en voyage ou à laisser reposer sur son âme. L'histoire sans pesanteur d'un homme qui voyage, sa proue capable de fendre l'eau maintenant. Une mer pleine de bateaux qui ne sont jamais passés. Zéro. Calculs et calendriers, tout ce qui est écrit quelque part. Des domestiques afin que quelqu'un s'en souvienne. Ceux celles qui regardent les choses se passer. Les domestiques, afin que nous soyons riches.

La maladie, celle qui existait avant ou depuis ce lieu. Les maladies, celles qui se croisent en route vers la mort. Les choses plurielles. De cela aussi en parler. Le soir autour de la table laisser aux choses le soin de parler d'elles-mêmes. La maladie comme la mer alors, lui résister ou s'y laisser aller. Ce qu'elle nous prend, malade ou non. Un jour malgré le brouillard ce qui arrive de toute façon.

La maladie, lui laisser toute liberté d'aller et de venir comme elle veut. Ce qu'elle entend elle, les lieux divers qu'elle approche. La montagne alors, ce lieu secret qu'une ville protège. Des murs, des pierres. Songer au crime que l'on a peut-être commis ou que l'on commettra peut-être un jour ou l'autre. Puis ce qui nous attend inévitablement, les cellules qu'on imagine. La mort tout compte fait, et ceux qui doivent vivre, irrémédiablement.

La mer comme tension intérieure. Nos pensées comme autant de bibelots qui viennent se fracasser contre elle. Elle, parler encore d'elle. Et sur cette mer intérieure des navires qui vont qui viennent. Les bateaux, ceux qui ne passent jamais. Jeter l'ancre, jeter l'encre. Les choses que l'on sait qui au fond n'ont pas d'importance. Des virgules comme pour permettre à la mer d'arriver. Son principal souffle. Le temps en cette matière, en cette masse. L'effet feu entre l'une et l'autre de nos claires visions des choses. S'assurer une mémoire de l'avenir. Ceux celles qui lisent en nous comme pour se faire porter. Comme la mer, livrer une idée claire de voyage.

Le mythe, s'y conformer. Cette chose belle dont on voudrait faire partie. Et bien sûr ce livre si clair maintenant qu'on pourrait l'écrire par cœur. Ses points de vue, les revoir tous un à un. La vérité comme travail qu'on ne s'imagine pas. Les domestiques, leurs exigences. Les domestiques, ce qu'ils qu'elles demandent. La liberté comme outrage à la parole puis la parole comme outrage à la liberté. Voyager longtemps.

Quand il revient alors, ce qui nous attend parfois comme une chose incompréhensible. Le plaisir en nous lorsqu'il répond à quelque chose du dehors. La maison, ses domestiques. Chaque compte, chaque dépense. Tout cela qui n'a pas d'égal. Bien sûr l'adorer, et bien sûr cet inattendu en nous. Y croire, s'en souvenir vaguement. Parfois souvent échanger des regards autour de la table. Les petits quand ils rient. La grammaire lorsqu'elle tombe, la remettre à sa place. La grammaire, la place qui lui revient, ou alors ce qu'on laisse aux domestiques le soin de ranger. Les domestiques comme grammaire de la maisonnée.

Et cela qui finit, et bien sûr que cela finit toujours par finir. Tout cela qui finirait de toute façon. Sa fin qui approche de toute façon et qu'elle y aille de soi. Le soleil parfois lorsqu'il se couche plus tôt que d'habitude. Ce que l'on n'avait pas vu venir, les heures une à une à force d'images. L'ordre particulier des choses comme s'il eût été possible de s'égarer (se vendre). Laisser naître des mots comme par hasard et le hasard comme méthode possible. À table le soir parler de cette fin qui approche comme du livre écrit.

Bien sûr que cela se détériore. La mer lorsqu'on n'a plus besoin d'elle, un roman lorsque de toute façon on ne lit plus. La disposition du noir sur le blanc alors, se réjouir malgré tout du livre sans images. Cet effort de la mère lorsque son ventre se soulève. Comme d'ailleurs le problème des choses parfaites, entières. Le problème du train qu'on a pris un jour et la mer vue de ce train. Rouler, arriver sur elle. S'en laver.

Avoir beau. Avoir beau faire le tour du monde du grand grand monde et des gens. Ceux qui s'agglutinent devant un café à cause d'une vie perdue ou enlevée. Un quai, un coin de rue. Un coin de mer ou de gare, des gens, des traces. Avoir beau, un jour cette liberté qui ne veut plus exister. Ne même plus s'enfuir, rester là impassible devant la vie la mort à avoir besoin que l'un ou l'autre nous exploite. Puis un jour ce qui aura beau se passer. Fermer les yeux des navires. Des lettres, celles qui sont là puis celles qui mettront encore du temps à venir. N'être plus tout à fait un homme. L'homme. Cet homme. Le métal lorsqu'il monte.

Dire que si j'avais le temps ce que je recommencerais. Tout cela qui manque de rigueur, de force. Reprendre la réalité, ce versant de la vérité. Altérer. Préciser. Récupérable, un roman qui le soit. Situer quelque part dans le temps. Historique. Tout ce qui se met à importer dès qu'une fin approche. En parler à table, y revenir. La maison quand on l'approche. Notre histoire. Passer la mine de son crayon sur sa langue avant de transcrire. S'appliquer en poussant plus loin dans le désordre. Comme s'il était possible de refaire ses enfants.

Dire, ne pas faire croire à une infinie liberté. Une certaine déraison, des explications satisfaisantes. Le livre de comptes, celui qui devra exister quelque part, qu'on cherchera quand je ne serai plus. Trop tard. Un temps qui ne nous appartient pas. Un livre ou le poids qu'il fait sur leurs genoux. Un grand livre au départ puis tout cela qui nous fait manquer de rigueur, de force. Effacer. Corriger. Une histoire sans importance au fond. Une maladie sans reproches.

Quand je vis et depuis que je vis souvent, mon corps alors, à chaque fois une épaisseur nouvelle comme une vigueur, un poids nouveau. Toucher à sa fin, voir au travers de sa propre vie. Être défait alors, trouver sa place dans des non-lieux, fréquenter des corps qui eux aussi touchent à leur fin. Dans un café à toute fin pratique, la vie de corps et d'espaces propres. Finir par s'oublier quelque part sur une chaise, attablé à quelque bouffée de cigarette. Une espèce de maîtrise lointaine des fins sans escale.

Un capitaine ou le livre de quelqu'un qui n'a plus bougé depuis un certain temps. Le luxe d'habiter quelque part, le devoir de rester en place. Se jeter corps et âme dans un récit de terroir. Les livres abandonnés par-ci par-là dans les ports du monde qu'on ramasse un jour à cause d'un bateau qui ne part pas. Un jour les livres qu'on écrit dès qu'un vent se lève. Des vagues qui ne semblent pas liées les unes aux autres. Pour toute raison s'arrêter sur un banc et s'insérer au seuil de sa propre histoire. Tout croire ce que cela permet de croire. Les choses, les appeler par leur nom. Qu'un livre soit un livre et pour longtemps. Une espèce de clarté.

Falloir mourir pour connaître sa maladie. Ce qui est tantôt de l'eau et tantôt la mer. Peut-être des canards. Les différences d'âge, d'époque. Y être pour quelque chose, réfléchir. Marcher de plus en plus souvent. L'incapacité de sa propre pensée. Devoir mourir de ses personnages un à un. L'obsession de la relève. La suite comme si tout ne pouvait pas arriver à temps parfois. Tout ce qui fait exprès. Un plancher de cuisine, en bois forcément. Les lumières qu'on allume le jour. Se promener beaucoup, comme des mots passent, restent seuls devant des pages toutes blanches. La nuit, qu'une mer finisse par arriver. Trouver en soi-même la force de se relever. La mer, l'histoire qu'elle écrit sur le sable et que demain nous irons lire.

Manquer d'égard. Le temps, ce qu'il nous indique. Revenir en arrière. Le temps lorsqu'il n'explique pas. La relève, celle qui ne vient pas. Ce qui est en cause, ce que nous avons essayé. Nos moyens puis ce que nous voulions atteindre. Ceux celles que nous avons appris à attendre puis ceux celles à qui nous avons enseigné (vendu). Un vent qui passe et tout ce qui ne se relèvera peut-être jamais. Une mer qui n'aurait plus de résonance pour nous. N'être pas parti finalement. En fin de compte nos veines et nos artères comme des différences que nous portons sans honte. Dire à la mer sa profondeur, prendre place parmi les choses. Être la substance même de ce qui en nous risque de s'arrêter.

Avant donc de devenir capitaine et que la mer me mette en route. Avant mon nom sur chaque pièce de mes vêtements et que mon âme se mette à se mesurer en tonnes. Avant de me mettre à rapporter quelque chose, la mer avant qu'elle se mette à me rendre des comptes. Prendre femme. Les choses lorsqu'elles se mettent à nous arriver. Nous façonner, nous forcer. L'amour, une fois qu'on a été trop petit et trop grand pour lui. L'amour, chaque fois que l'on vit maintenant depuis que l'on vit souvent.

Les livres qui à bien y penser nous écrivent peut-être. Les accents qui se trouvaient au fond de nous-mêmes et qui un jour nous attendrissent, nous atterrissent. Un jour le livre de l'homme doux, plein d'espace et de marges, et plein de tout le temps qu'il lui aura fallu pour rêver de son amour. L'homme doux, ce livre qu'il écrit pour ses pères ses fils, ses filles ses femmes comme si cela ne le regardait pas. Ses pères ses fils parce qu'entre eux se tenir. Debout. Droit. Attendant. Un homme, l'eau à l'esprit. Une mer qu'on lave sans comprendre. Mourir par surcroît. Une femme, mouiller au bout de son rivage.

D'une minute à l'autre toujours la possibilité que tout s'arrête. La vie comme chose sélective. Ce qui est rapide et radical, sans embûches. La maison, son moment dans l'histoire. L'histoire, ceux celles qui parviendront à l'écrire. Au début ceux celles qui étaient un peu des filles des garçons puis cela qui se perd un peu. Manquer de raison. Au début les rêves qui durent longtemps. Marcher. Arriver sur une maison en tombant dessus pour ainsi dire. Sa route. Parler ouvertement à table de toutes les possibilités. Vivre vraiment, se rassembler. Les rêves, ceux que nous avons tous toutes portés.

En peu de temps ce qui a toujours été, puis tout ce qui n'a pas été assez long. Tout ce qui se dissout rapidement. L'horizontale comme une vie parfois semble s'étirer dans un sens puis dans l'autre. Arriver en courant lorsque c'est trop grand. Des bras dans lesquels se jeter puis repartir, laisser claquer la porte en sortant. Dans tous les sens la mer, immense et gênée. S'en éloigner (s'en vendre) puis revenir. Laisser battre son cœur. Se glisser là où on peut.

Les domestiques par-delà leur égoïsme de domestiques. Se souvenir de ce qu'on salissait par principe. Les domestiques, le travail qu'on leur doit, comme si c'était possible que la mer nous abandonne un jour. Un jour ou l'autre, se trouver sur un autre chemin. Écrire le livre de la mer sans jamais parler du vent. La crainte parfois que tout soit indéniablement parfait. Tout ce qui ne saurait changer alors, tout ce qui ne changera jamais. Les domestiques, ceux celles qui ne changent pas, ne changent jamais.

S'attendre à ce qu'un jour la mer nous abandonne nous détruise. Ceux qui sont morts que la mer a un jour abandonnés. Ne penser à rien. Rêver de partir un jour, s'en faire un portrait. La mer lorsqu'elle aura brossé un tableau qu'aucun navire ne troublera. Une espèce d'immobilité, un roman de crainte et d'espoir que la mort arrive à temps. La mer et les secondes justes. Des bruits de porte qu'on laisse claquer. L'enfant qui s'en va en courant, heureux des petites lumières qu'on laisse allumées la nuit. Éviter de tomber ou de se cogner.

Puis un jour les choses qui se mettent à se passer tranquillement. Des sons pour situer encore plus à fond le paysage. Un champ couché sans peine, qui ne sanglote pas. Descendre en s'aggrippant à la rampe, et le bois que l'on tient dans sa main alors, le biais de toute chose. Tout ce qui est déjà en route, et ce que nous ne finirons jamais. Ce roman qu'un jour nous dormions. L'assurance que nous avions une histoire comme jadis l'assurance de notre démarche. Au bas de l'escalier une porte, un peu l'impression de ne pas cadrer. Se tenir trop droit, trop rigide. Le terrain à force de s'y plier, les courbatures que nous n'avions pas.

Beaucoup de temps, bouger de moins en moins souvent. La lumière que nous filtrons, plisser un peu les yeux afin de mieux voir. La possibilité de ne pas se sentir formellement lié à toute chose. L'histoire comme un seul grand courant, une bande horizontale et sonore. Qui ne change pas. Que même les gros changements sont minimes, que la vraie histoire reste à être sue. Les détails vrais et faux d'une main qui tremblait peut-être, dont l'assurance se trouvait ailleurs. Cela qui arrive par ailleurs, sans notre regard.

La mer, lorsqu'elle se met à prendre fin et que l'on est encore sur le bateau. Avoir beau. Le bateau lorsqu'il ne passe pas, les domestiques alors. S'en remettre comme d'une douleur qu'on ne savait pas qu'on avait. Les domestiques, quand ils elles se mettent à monter en nous, à prendre place parmi les choses. Quand en nous il y avait toute cette place. La mer lorsqu'elle se met à nous manquer, tout ce qu'il nous manque alors. Le souffle en nous qui se met à être court. Tenir son vent. Ne plus avoir besoin des vagues pour arriver, ne plus avoir besoin d'arriver. Régner comme sur un lieu déjà visité. Ce qui est vendu une fois pour toutes.

Les petits alors, quand ils se mettent à être dans nos bras comme jadis les fauteuils quand nous nous mettions à être dedans. Changer de chaise. Ces maisons qui tiennent à être nos maisons, leurs grandes pièces qui montent en nous. Se rappeler alors, se souvenir. Se mettre à avoir des mots, des noms, comme si depuis toujours nous savions parler (vendre). Se mêler de nos vies. Au début l'habitude qu'on avait de cracher. Des habitudes de style aussi. Figures. Sur la mer, les volets de sa vie qu'on ne dit pas, plus. Sur la mer ce qu'on ne dit plus.

L'acquis. Un jour une jeune fille que l'amour n'a encore possédée. Une espèce de blancheur qui arrive. Faire ce qui se nomme. Ne pas croire que les choses punissent. Tout ce qui ne compte plus alors, et tout ce qui est capable de faire mal. Oublier, faire en sorte que ceux celles que nous avançons ne se lassent pas d'attendre que quelque chose se produise. Une eau, une différence. Une manière de ne pas se retourner qui fut toujours là, acquise.

La maladie ici perd de son éclat. Moins évidente. Les choses qui autour de nous n'en parlent pas. Beaucoup de temps entre les mots, les gestes. Tous nos voyages. Tout cela qui se divise et se subdivise en attendant. La maladie lorsqu'elle perd son caractère d'urgence, lorsqu'elle n'en vaut plus la peine. Ce qui n'est plus très vrai alors. Les vérités qui changent, en parler comme des mots, leur existence propre. Tout cela qui ne nous concerne pas. Écrire tant qu'on veut, avoir trop grand. Des maux lents qui nous obligent parfois. Un roman comme s'attendre à ce qui vient.

Finir par le bois. Rejeté par la mer, un jour être allé en ramasser le long du rivage. Travailler avec des gants. Ce bois que l'on fend depuis cette montagne en nous. Les frontières interchangeables de la fatigue et de la force. L'âme du bois, jusqu'au jour où une table de cuisine, un volet qui bat au vent et que l'on répare. L'arbre une fois qu'il eût venté, la rampe d'escalier menant au grenier. Un endroit où travailler. La pulsion des choses qui finissent par finir. Une eau, une encre qui ont coulé.

Dans un café quelque part comme si toutes les villes étaient des ports de mer, dans un café quelque part des voyageurs puis les autres, ceux celles de passage. Ceux dont c'est le métier de voyager puis ceux qui voyagent, tout simplement. Une certaine manière de s'en aller sans rien dire, sans rien laisser traîner. Une adresse. Propre. Lisible. Fausse. Comme on fait parfois. Souvent les lieux qu'il faut laisser croire. Mentir un peu, ne jamais parler du vent. Quelques petites choses à comptabiliser. Ici et là des signes, des repères. Ici et là des achats effectués le même jour. Une casquette, un foulard. Riches jusqu'au ciel.

Parfois dans les grandes maisons se raconter à longueur de journée comme à longueur de champ. Ces maisons vieilles et folles que l'on visite comme ça une fois, un dimanche en passant. Jouer un peu partout comme une idée très longue d'un endroit où aller. Une histoire quand un jour, pour penser à autre chose, raconter sa mort, ce lieu d'où l'on ne reviendra pas. Aller voir d'une fenêtre à l'autre les maladies qui passent peut-être. Comme les bateaux, tout ce qui est forcément lent. Guérir, puis ce dont on souffre vraiment.

Un roman, posé là tout simplement. Fermé. Une dernière page. Ce qui est fini depuis longtemps. La disposition de ce qui ne bougera plus. L'histoire, celle dont nous nous souviendrons. À table cet homme qui parfois nous parlait. Comme si c'était possible de mourir sans rien dire. Un jour la mort qu'on aura eu raison de soupçonner (de vendre). La terminaison des verbes en -er à l'aide du verbe vendre. Les comparaisons, les explications, les analogies. Une couverture de livre, les pages qu'on y arrache pour mettre les siennes. Ce livre qu'on aurait voulu qu'il écrive.

Le travail, tout le travail qu'on ne s'imagine pas. De plus en plus de choses à dire. L'eau que l'on jette partout, l'espace qu'elle prend. La maison, la bâtir pour vivre. Voir tous les jours le travail qui se fait. Les maisons qui très souvent se laissent aller, d'elles-mêmes se détériorent. Les domestiques, comme une qualité que l'on acquiert avec le temps. Les choses, celles qui ne nous échappent pas. Les domestiques ou l'art des suites et du rangement. Des pages sous la couverture du livre d'un autre. Ce qui paraît. Ce qui finit toujours par finir. Des notions de temps.

Régner sur une maison comme cela se doit, veiller. Tous les jours différemment afin que cela ne se voie pas. Le côté très évident de toute chose et ce qu'il faut éviter à tout prix. Vendre. Les domestiques, leur personnalité propre. Le roman qu'ils qu'elles écriraient si on le leur laissait. Qui s'écrit peut-être. Des pages silencieuses dont on se doute.

En lisant encore d'une page à l'autre tout ce qu'il est possible de taire, tout ce qui est redoutable même. Ceux celles qui sont à plaindre qui au début n'avaient pas d'âge. Se livrer ou démentir jusqu'à ce que la mort vienne et à la fin, la mort qui arrive à temps. Des premiers mots comme si le roman ne courait pas partout à notre rencontre de toute façon. Le danger d'y croire. Pour une femme, le danger d'y croire et de l'écrire ce roman de l'homme doux.

Attendre donc cette chose indistincte et nette et pareille à aucune autre, l'attendre comme si cela nous appartenait. Bien sûr ce qui surprend toujours un peu quand même, cela qui doit s'achever d'une manière ou d'une autre. Des légendes après tant et tant d'années. S'émietter comme une pierre de sable en livrant sa ligne, sa courbe, son dessin d'enfant. Et en fin de compte le mot comme prix à payer (à vendre). Un vent qui malgré tout passe par-dessus sans lire. Ne pas en parler du vent, cette maladie qui use à la fin.

Apprendre à travailler alors ou le besoin d'être exploité (vendu). Comme si c'était possible de vivre pour les mauvaises raisons. Ces lettres que nous lisions et qui parfois nous donnaient envie de devenir domestiques. Ceux celles qui ne lisent pas, que la vie exploite et d'ailleurs, tout ce qu'il reste à faire. Le fond d'une carrière sablonneuse, ceux celles qui s'y trouvent. S'ouvrir et se déplier à mesure que les pages entre leurs mains s'ouvrent et se déplient. Un espace grand. L'envie soudaine que l'on a d'une écriture qui nous ressemble. Une vigueur nouvelle, un poids nouveau. Comme tout ce qui est presque cruel.

À un moment aussi difficile donc la vérité de ce qui vient en premier et de ce qui vient une fois pour toutes. Apparemment et comme on dit, un jour ceux celles qui arrivent comme ça tout bonnement en naissant. D'ailleurs depuis toujours les maisons et ce qu'il va sans dire. La richesse, le moment où cela se présente dans la vie et sous quelle forme. Ce qu'il est possible de croire et l'impression que tout cela nous laisse. L'exil lorsque cela n'existe plus hors de nous-mêmes, les questions que ne se posent plus les capitaines en voyage. Nos personnalités propres, le temps qu'elles durent, l'espace qui leur a été donné et qu'elles doivent assumer (vendre).

Une façon de parler bien sûr le mensonge, l'inavouable. Ce qui à la limite ne se dit pas et se laisse à peine penser (vendre). Les pages écrites qu'on laisse tomber par terre une fois qu'elles sont lues. Les pages, ceux celles qui les ramassent. Peut-être numérotées. Cela qui doit mourir. En main quelque chose à blâmer. Un livre, pire encore un roman. Ces choses qui nous viennent à l'esprit, vers lesquelles tendre. La mort. Aussi loin qu'on voudrait aller et jusqu'à quel point la chose est à bout.

Tout cela un jour quand on a cru manquer d'espace, de temps. Le manque comme une chose qui nous viendrait de l'extérieur. Notre condition étrangère. Faire beau quand cela fait beau, vite quand cela fait vite. Ne rien faire si et quand cela ne fait rien. Des indications précises et contraires. Ce que la mort sépare. Même quand cela ne nous tient plus, y tenir. Comme quelque chose qui nous collerait enfin à la peau, quelque chose qui ne se lasserait pas de nous. N'avoir plus de maison, plus lieu d'exister. Une chose douloureuse au fond, les domestiques un jour quand on s'en va. Ceux celles qui s'en vont. S'absentent.

Bien sûr que cela se détériore. Un seuil de porte usé, une peinture écaillée. Des entailles dans le bois. Un cadre, ses difficultés particulières. Un contexte. Le moment donné parfait pour s'appuyer, réfléchir à sa vie. Plier par en-dedans. Ceux qui arrivent en courant et bien sûr le couvert qui a été mis malgré les hésitations sur le nombre. Des portes d'armoire que l'on ouvre et que l'on referme. Le temps à reculons. Ce qui passe quand un enfant passe, se pencher sur son histoire. S'arrêter. Les hésitations parfois lorsqu'on se raconte un peu. Ne plus se savoir au juste.

Un livre, ceux celles qu'on nomme comme si cela remontait à quelque chose ou quelqu'un. Quelqu'une. Les domestiques, en silence comme l'horloge, le temps. L'heure selon le moment et la force. À table sans bouger et sans passer de l'autre côté. Finir par rester. Les domestiques, comme l'assurance de ce qui finirait par passer, de ceux celles qui finiraient par s'en aller. Les domestiques, afin qu'un jour on puisse partir.

Doux, tout ce qu'il y a de plus doux ici. Des images sans son, lentes et larges. Propres. D'ailleurs ce qui ne s'enseigne pas. L'école que nous ne pouvons pas toujours, qui ne se peut pas nécessairement. Cela qui ne passe pas par les facultés habituelles. Entre ce que l'on fait et ce que l'on écrit, ce que l'on vend. Une maison par exemple, l'habiter. Le mythe comme si toute chose se pouvait. Un jour dire les mots, comme si la perfection était une affaire de mots. Implicite. Se laisser visiter le dimanche comme on vient voir des gens pour qui il est trop tard. Ce à quoi manquer, arriver en moins.

La nuit les petites lumières qu'on laisse allumées ici et là afin qu'ils trouvent leur chemin. Les enfants, craindre qu'ils se cognent à sa maladie. La nuit, le va-et-vient du silence et de la tranquillité. Exprimer quelque chose d'essentiel en fermant doucement une porte. Nos départs. Ceux celles qui manquent à l'appel. Prendre le large. Des hésitations. Tout ce qui oscille. De bonnes idées, de belles expressions oubliées. Trop tard. Quand ni l'idée ni l'expression ne reviendront. En dernier lieu une hésitation parmi tant d'autres. Ce roman, à qui écrire n'est plus que relatif.

Bien sûr la douleur qu'on ne pouvait pas savoir. Des gestes lents par endroits et par moments ce qui est déjà fait. Une mort qui remonterait déjà loin en arrière. Ceux celles qui sont vraiment morts et qui restent encore un peu malgré tout. Une odeur bien particulière au fond. La mer depuis qu'on reste assis. Comme si tout à coup n'avoir plus besoin d'elle. Les domestiques, lorsqu'il n'y aura plus personne à servir. Le travail lorsque de lui-même il s'en va. Ce qui nous laisse froid. La mort, les formes qu'elle prend.

Malgré tout, les oiseaux, et dorénavant ce qui est partout. Avoir beau dire, beau faire, ce qui reste. L'ordre comme une chose prête à sauter aux yeux. Tout cela qui voudrait nous faire changer d'idée pourtant, l'anneau à son doigt qu'elle caresse. Cela qui dure, s'étend, se prolonge. L'heure et comment agir en conséquence. Mourir au bon moment de la chose. Un dernier geste, comme si de la vie à la mort il n'y avait que nos corps qui ne puissent pas. Agoniser à temps afin de mourir heureux. La fin que l'on entrevoit, ronde et douce puisque la chose agréable existe, parfois même se répète. Donner dans le concret, les formes dont on ne se fatigue jamais.

La mort qu'on nous accorde de faire, ce qui se respire face à la mer puis ce qui se dit à table en mangeant. Les formules qui n'existent pas ou que nous portons à l'envers. À une ou deux choses près être possible, avoir peut-être existé vraiment. En tant que vivant avoir été riche par rapport aux riches et avoir pu rêver justement parce qu'un jour tout cela s'est effrité. Hurler la ressemblance du dedans et du dehors. La douleur parfois, les fils et les filles que nous lui laissons. La maladie comme la mer lorsqu'elle prend tout. De plus en plus de place. Un dernier mot comme un jouet que l'on range soigneusement afin qu'un jour il puisse encore nous donner envie de jouer. Ne rien laisser traîner de valeur.

Parfois, lorsqu'il y a beaucoup à faire, vivre le soir quand on peut. Fermer les yeux des navires. Ce que l'on range temporairement dans un escalier, nos attentions particulières. Le livre des comptes, des conditions sur lesquelles se pencher. D'une page à l'autre la vie qu'on s'imaginera. Déchiffrer, défricher. Des pages numérotées comme un roman que l'on croirait mystérieux. Des petits trucs qui marchent. Une épingle à linge, une vis. Des choses avec lesquelles travailler ou qui font notre travail. Comme en haut, les rêves que l'on fait la nuit à cause de la disposition des lits.

Au début, des filles des garçons puis cela qui se perd un peu. Petit à petit quand tout cela se met à se ressembler. Les jeux alors, et tout ce qu'on ne s'imagine pas. La mer pendant qu'oublient ceux qui dorment. La mer, ceux celles qui la naviguent. Et à la fin, ses voyages à rassembler, incapable d'être qui ou quoi que ce soit, l'un ou l'autre de ce dont plus personne ne s'étonne. À la fin, ce qui va de soi.

Attendre donc. Faire ce que l'on fait avec plus ou moins de plaisir. Beaucoup d'espace entre les verbes, les chiffres. Une sorte de vision. L'attendre. Le premier moment, la première femme de ce roman. Celle que l'on croit toujours être, le désordre des choses. L'impression que tout commence, que tout a commencé dans le plus grand désordre. Ces autres personnages qui se devaient d'arriver d'une page à l'autre. Celle que j'aimerai et qui me détruira, sa place dans le roman, véridique et actuelle. Incontestée. Rejoindre son crime, sa question d'enfant.

Quelque part dans ma mémoire une entrée grillagée comme une histoire par morceaux. Un mur de pierre. N'avoir rien décidé. Croiser sa propre route, son propre regard. Attendre. Ce qui se passe peut-être pendant que nous nous absentons. Avoir appris. Des cabines de marins garnies de plantes qu'ils soignent. La vie à travers le hublot et la terre qui ne passe jamais. Le meurtre que l'on a peut-être commis, puis tout ce que nous n'avons pas besoin de faire, tout ce que les autres font pour nous. La prison comme architecture primitive, un non-lieu. Écrire.

Encore une fois la possibilité que tout s'arrête, s'achève. Une espèce de fin. Compter ses jours ses nuits, les raconter. Que ce que nous ne quittons jamais ne nous quitte jamais. La fin comme tentation. L'arranger. Tranquillement refaire ses bagages, son sac. Repartir. Être venu ici en marchant, repartir en marchant. Une fin tranquille, qui ne peut se passer sans que nous y passions aussi. Nos passions. Une fin qui puisse alors être la fin de toute chose, la vraie fin de l'histoire.

Essayer de voir comment cela pourrait se produire. S'en aller, tourner le dos à une maison. Mâcher quelque chose, ses mots peut-être. N'avoir rien contre les formes que cela puisse prendre. Ce qu'on en dira aussi, le moment voulu, puisque tout ce qui existe demande à exister. La place des choses et au fond notre ignorance, comme si on avait eu besoin de la comptabiliser aussi. Notre corps, la vie qu'on lui prête. Être venu ici, avoir traversé les frontières de l'esprit pour finalement s'intéresser à la mort, à son point de vue.

De temps à autre les bruits qui nous parviennent de la grande continuité sonore. La ville. L'onde, le bruit de l'onde. Se faire déraciner par le haut, ne plus chercher de signes. Les bateaux, ceux qu'on nous interdit. Quelque part sur une mer un livre qui nous fend le cœur un peu partout. Faire attention. Les répercussions que l'on n'attendait pas puis celles qui sont venues quand même. Ce que l'on n'avait pas imaginé. Étrangement les fruits de son labeur. Ses enfants, ses femmes, comme si cela ne le concernait pas.

L'arbre, ses pommes. Celles qui tombent et qu'on ne mangera pas. Ce qui se perd peut-être puis ce qui se perd vraiment. Arriver en courant, essoufflé. Laisser claquer une porte. Le roman qu'il ne finira pas à cause d'un lointain malheur. Les mots qui ne viendront plus. Des inégalités, des longueurs, comme si cela n'était pas permis. Des souffles courts et coupés, des regards trop frais. Des unités de temps et de lieux domestiques. Des idées qui arrivent en trop et trop tard, toujours quelques petites choses à vouloir. Et les enfants, bien sûr tout leur donner.

Mon corps donc, un jour qu'il se mit à être reposé comme un jour ne plus s'attendre à guérir. Ce qui vient de loin et qui un jour arrive, finit par arriver. Une espèce de savoir-faire. Des enfants qui un jour savent naître et qu'après nous portons. Les enfants ce qu'ils qu'elles savent. Et à la fin comment cela se passe. La fin comme formalité. Forme alitée. Un geste, une petite affaire. Jeter du sable sur un feu. S'en aller, n'être plus rien pour la mort alors. Son livre écrit, ses comptes rendus. Les facultés qu'on avait, notre impression de voyager. Elle, ce qu'elle en dirait elle. Ce qu'elle en dit parfois. Un livre qui serait comme elle, que j'écrirai peut-être un jour.

S'instaurer dans le silence comme dans la solidité des choses. Marcher dans l'air épais comme dans un blanc de mémoire. Une feuille de papier que le vent couche par terre. Lorsque le temps ne suffit plus, lorsque la nuit tombe, rebrousser chemin. Se fier au bruit de l'onde. Ce qui nous remplit les narines et qui bat dans notre poitrine. Finir avec des mots usés. Manquer d'originalité, de personnalité propre.

Une petite place, un endroit impersonnel qui donnerait à penser aux sons qui, en pleine liberté de travail, prennent forme. Un soupir. Des âmes générales et vastes, des expériences inutiles. Dépenser son dernier choix, aboutir. Le livre peut-être fini qu'il aura été difficile de rendre. Dans un instrument ou un autre, son dernier souffle. Mort. Son nom dans une colonne à côté d'autres inconnus. Y laisser sa dernière poignée de main.

En certains endroits ce qui est déjà fait, ce qui ne bouge plus. Le chapitre des enfants, ce qui pourrait encore arriver si on y mettait du temps. Une écriture pas finie, un tableau sombre par endroits. Se tourner vers l'arrière, un mouvement qui étonne d'ailleurs. Dans la chambre, ceux celles qui se précipitent. Avoir faim. La maison, là-bas derrière le brouillard. De l'air sur mes lèvres. Un capitaine fait oui de la tête. Lui ressembler. Elle, ce qu'elle en dirait elle. Ce qu'elle en dit parfois. Des bruits, des sons qui remontent. Tout ce qui est à la veille de se faire comprendre.

Film d'amour et de dépendance

Chef-d'œuvre obscur

Et nous aurons passé l'hiver ensemble, et le cinéma sera enfin venu de lui-même. Ses lieux divers, ses temps jadis. Tu savais toujours quoi dire pour me rendre heureuse à moi-même. Ta voix d'homme ou de femme, parlant seule, par elle-même. Parfois sans image correspondante car la caméra n'était pas toujours prête à laisser passer la lumière. Baigner dans le noir de notre grand amour.

– Tu savais toujours quoi dire pour me rendre heureuse à moi-même.
– Ceux celles qui livrent les films aux salles de cinéma.
– Oui, ceux celles-là aussi.

L'immobilité, le silence qui fait partie de toute action, même celle d'un film. Une certaine grandeur, une certaine crainte mêlée de révérence. Le bon moment pour désacraliser les choses qui ont sur nous le pouvoir d'être sacrées. Jusqu'à devenir amants, amantes. Beaucoup de noir et d'attente. Ceux celles qui quittent leur siège. De plus en plus difficile de s'amuser.

– J'avais de grandes peines.
– Tes peines étaient proportionnelles à tes joies.

Nous avions peur, nous ne savions pas exactement. L'hiver nous l'apporterait ce film que nous ferions l'été prochain. L'Orchestre symphonique de l'Atlantique par une soirée pluvieuse de novembre. Un film qui ne donnerait pas à penser trop méchamment de nos vies, qu'on pourrait regarder une deuxième fois sans trop s'ennuyer.

– Le dialogue comme une espèce de fin en soi-même.
– Ne pas trop parler.
– Tout dire.
– Nos ressemblances.
– Nos répugnances.

Je te voulais et d'ailleurs tu m'appartenais. Il n'y avait rien que nous ne nous étions pas donné. Nous nagions contre tous les courants et c'était une eau douce de savoir que personne ne pouvait nous arracher à notre force. Des voix qu'on ne devine pas, même dans le noir de l'attente.

– Aïe ! mon oreille. Mais qu'est-ce que tu fais ?
– Tu m'appartiens non ? J'examine mon bien.
(Rires)

C'était une histoire d'eau et les courants étaient réels. Un film en noir et blanc car parfois le ciel était si bas que tout autour en perdait couleur. La caméra ne se décidait toujours pas à s'ouvrir donc nager en silence. Ce qui, un jour ou l'autre, serait montré au grand écran. Une écriture qui nous appartiendrait enfin. Ne pas se presser, ne pas s'inquiéter. Attendre que l'hiver nous l'apporte ce film que nous ferons l'été prochain.

– Surréaliste, d’amour et de dépendance.
– Plusieurs débuts.
– Quelques plans d’action.

Puis ce qui devenait de plus en plus évident, de plus en plus fréquent et de plus en plus clair. Des images qui nous revenaient en tête comme si un film était prêt à commencer. Nous aurions passé l'hiver ensemble à retaper l'appartement. L'Adagio d'Albinoni.

– Tu vivais là-bas près des coques et des palourdes et tu priais la mer.
– Tu courais partout dans la ville en hurlant mon nom.
– Je frappais à toutes les portes.
– Je te cherchais partout.

À un moment donné la caméra s'ouvrirait lentement, laissant passer un peu de lumière. L'image comme telle n'aurait pas encore d'importance. Des crânes rasés, des corps lisses, sans traces. Tu arrivais d'Orient, moi d'Afrique. Le petit, lui, arrivait de voir s'il y aurait beaucoup de palourdes cette année de l'autre côté de la crique. On ne voyait que sa tête monter et descendre derrière les dunes et les herbes marines. Une certaine dépendance économique aussi, face à la mer.

– Les bobines seront numérotées.
– On les changera souvent.

Et l'Adagio que l'on entend pourtant. On pourrait toujours s'étendre, nommer les différences entre une mer calme et tempétueuse. Le petit garçon en voie de devenir homme avance, marche vers nous mais il ne sait pas qu'on le voit. Prise de vue télescopique. Casquette, chemise à carreaux, des survêtements de pêche imperméables et verts. Des couleurs habituelles, qui ne frappent guère. Encore du texte amoureux.

– Tu ne savais pas que je ne voudrais plus rien, qu'il n'y aurait plus rien d'autre pour moi.
– Un amour sans failles, sans défauts.
– Ce que tu me réjouirais alors, ce qu'en toi je me réjouirais.

Sa maison était faite de bois et de terre. Tapie dans les herbes devant la mer.

– Tu me téléphonais et je te disais tout.
– Je te disais que j'allais bien.
– Je ne te disais pas mon désespoir.
– Je ne savais pas le nommer.
– J'étais pourtant très fort.
– Très forte.
– Je n'arrivais plus à te voir dans mon esprit.
– Tu ne te ressemblais pas.

Une mer verte, grise, parfois bleue. Un sable de couleur normale. Une maison de vieux bois, petite, minuscule même. Tapie dans les herbes. Si bien que plus personne ne pouvait venir s'installer entre elle et lui.

– Une fidélité voulue.
– Unique.
– Qui aille de soi.

La maison. En la voyant on comprenait tout de suite comment elle avait été construite. Des restants de planche et de contre-plaqué accumulés au fil des années. Une maison juste assez longue pour s'y étendre, et seulement large pour s'y retourner. Une tente en bois. Y entrer à quatre pattes, peut-être même y descendre quelques marches. Peut-être que creusée de l'intérieur il arrivait à s'y tenir debout. Et les années passaient.

– Ça prendra quelqu'un pour creuser.
– Oui. Et du papier goudronné ici et là entre les planches.
– De l'extérieur il est plus haut qu'elle.
– Courber un peu la tête et le dos pour y entrer.

L'Orchestre avait joué l'Adagio. Nous rêvions de plages désertes et de vies pieuses. Un film commençait de ses multiples débuts. J'avais peur que tu ne veuilles pas de mon immense amour. Et plus ou moins loin derrière l'Adagio je n'avais plus aucune raison de vivre.

– Des voix que nous pourrions comprendre.
– Tissées pour l'amour de nous-mêmes.
– Hurlant quelque part que tu me cherches partout.

L'entrée de sa maison faisait face à la mer et il en sortait souvent pour aller se placer debout à côté d'elle. La maison ressemblait alors à un chien se tenant à côté de son maître. Et pendant longtemps ils se tenaient sans bouger, regardant la mer. Et pendant longtemps encore rien d'autre ne bougera. Sauf que toujours l'Adagio. Faire une génuflexion avant qu'un film commence, calculer sa foi.

– Un chapelet pour m'énumérer de toi.
– Autant de petites maisons où te vouloir encore.
– Tu ne me voyais pas pleurer.
– Non, je ne te voyais presque plus déjà.

Le pays comme œuvre. Sur son eau flottaient douze têtes, douze crânes rasés par Jules le coiffeur. Cela s'est fait cet après-midi juste avant le tournage. Il avait déposé sa chaise au milieu du champ et chacune tour à tour y a pris place. Les cheveux tombaient au vent parmi les herbes de la plage.

– Tu y pensais depuis longtemps à ce film ?
– Je ne pouvais pas y penser avant de te connaître.
– Qu'est-ce que ça veut dire les têtes dans l'eau ?

On ne saurait jamais énumérer tout ce dont il est question ici. Facteurs culturels divers. Notions existentielles. Une entité économique et religieuse plutôt qu'un pays proprement dit. Remplacer les phrases toutes faites par des situations toutes données. Des images non cadrables de sorte qu'elles débordent sur ces pages. Des coups de marteau à intervalles réguliers.

– Loin sur la rivière j'entendais cette régularité.
– Les coups de marteaux ?
– Oui, cela qui se construit sûrement.

Ici rien ne bouge même lorsque la mer est tempétueuse. Le petit garçon en voie de devenir homme debout à côté de son chien à la regarder. La difficulté de fixer la mer comme parfois la difficulté de fixer la vie. Il s'assoit. Les activités essentielles découlant de toute dépendance. Ce qui devient forcément religieux. Le danger de montrer trop tôt les églises à l'écran. Une image qui hésite à se produire.

– Les Acadiens sont encore très religieux.
– Elle est où cette rivière ?
– Il y a la mer puis il y a cette rivière.
– Elle est où cette rivière ?
– Sais pas. Connais pas.

Nous commencions donc à passer cet hiver ensemble. Nous possédions enfin l'amour et nous avions commencé à retaper l'appartement. Il y aurait d'abord ces choses à toi puis ces choses à moi, jusqu'à ce que tout cela se fonde en un. Les soirs parfois nous sortions. C'était amusant.

– Mon cri dans le creux de ton oreille.
– Je ne voyagerai jamais très loin de toi.

L'autobus arrive et se gare dans le champ de la caméra. Sa porte s'ouvre, les membres de l'Orchestre en sortent. Ils sont vêtus de noir et blanc ainsi que de leurs instruments. Ils sont pieds nus. Beaucoup de sable. Tandis que les charpentiers eux fouillent dans les entassements de bois livrés là pêle-mêle, retirent des morceaux qui font leur affaire.

– Nous n'aurons pas d'enfants.
– Jamais d'enfants.
– Ni un ni deux ni plus.
– Jamais d'enfants.

Toutes les distances que je prenais de toi comme pour mieux te voir. L'autobus, le champ, les petites maisons, tout cela vu à cette même distance de toi.

– Je ne te disais pas mon mal.
– Je ne te disais pas mon désespoir.
– Tu n’aurais pas su le nommer.
– J’étais pourtant très fort.
– Très forte.

Attendre, toujours attendre un peu. Avec l'écran toujours le danger de montrer les choses trop tôt. Cela se passerait donc à St-Édouard de Kent au Nouveau-Brunswick. Des hommes de la côte bâtiraient ces petites cabanes au bord de la mer. Retailles de bois vieilli. Des corps ambisexuels exécuteraient la danse. La qualité ordonnée du rasoir de Jules, sa méthode. Comme pour la danse d'ailleurs, la qualité ordonnée de la pensée et des gestes.

– À quoi penses-tu ?
– À des choses interdites.
– L'amour change tout.
– Je pense aux gratte-ciel alors.
– Pour eux aussi l'amour change tout.

La difficulté de parler de choses concrètes, de corps nus, d'un certain état de non-agitation. Et pourtant beaucoup d'activité autour des petites maisons et beaucoup de cheveux qui tombent.

– Jamais d'enfants.
– Ni un ni deux ni plus.
– Jamais d'enfants.

Le teint basané des charpentiers, les cigarettes qu'ils roulent à la main et qu'ils fument tout en travaillant, en choisissant leur bois. Ce qu'ils parlent peu ou avec assurance qu'un jour la tâche sera terminée. Parfois la scie, parfois le marteau. L'amour qui s'y cogne. Un grand film, un chef-d'œuvre obscur.

– Albinoni, Tomaso Albinoni.
– De 1671 à 1750.
– Un concerto perdu.
– Que l'histoire laisserait fuir.
– S'échapper.

L'école Dansencorps exécuterait la chorégraphie. Une sorte d'étude de terrain en attendant la vraie chose.

– Depuis longtemps je voyageais.
– Il y a des palourdes là-bas.
– J'avais peur d'avoir tout vu, tout senti.
– Elles ne sont pas très grosses.
– J'avais peur que la vie commence à se trop répéter.
– Faciles à ouvrir.

Toute cette distance de toi donc. S'accorder d'être aquatique. Des têtes androgynes afin de se trouver plus près les uns des autres. Le film serait tourné par un après-midi de juin avant que la chaleur ne prenne, ou par une journée miraculeuse de septembre.

– Et beaucoup de silence à se regarder.
– Oui, beaucoup de silence à regarder la mer.

Ne plus savoir s'il s'agit de tourner un film ou de bâtir des maisons, peut-être même des églises. Des imperméables verts trop grands, des casquettes et des cheveux. La difficulté de comprendre le temps de ce film, ce qui devait arriver avant ou après, tôt ou tard. La sorte de géométrie qui prévaut. Du rapiéçage, du papier goudronné. Une réalité qui a déjà servi. Des maisons un peu n'importe comment mais solides quand même, immuables. Peut-être même qu'il faudrait creuser. Quelqu'un creuserait.

– Une fois la caméra s'était mise à tourner avant que tout soit prêt.
– Des techniciens de l'équipe dans le champ de l'image.
– Une réalité s'embrouillait.
– Quelqu'un creusait.

Ce qui se passe sur l'eau. Des rayons des angles des distances, des teintes possibles. Attendre des directives.

– Je t'attendais.
– Je voulais toujours venir.
– J'avais besoin de toi.
– Je t'aimais.
– Du texte amoureux.
– Encore du texte amoureux.

Il devenait de plus en plus clair alors que la distribution du dialogue n'avait aucune importance. Le texte même devenait de plus en plus inimaginable car la dépendance était totale. Forcément ce biais des images.

– Les pages du scénario seront numérotées ici.
– D'accord.
– Il faudra épingler les partitions aux lutrins à cause du vent.
– Oui, le vent bien sûr.

Puisqu'il faudra bien qu'un jour ou l'autre tout soit prêt dans la vie de la première cabane. Lorsque tout le monde saura quoi faire et que l'on pourra tourner. Aucune chance d'erreur alors. Capables de fonctionner indépendamment.

– Ridicule cette idée d'indépendance bien que ce fut une bonne idée.
– Nager en parfait contrôle de sa technique.
– L'écran de nos pensées, le traverser en silence. Les oreilles bouchées de trop d'eau.
– Ne m'abandonne pas.
– Je ne t'abandonnerai jamais.

Un passé multiple et lointain qu'agiterait le vent.
L'amour que certains certaines attribuent à Dieu.
Un film religieux au fond.

– Tu me téléphonais et je te disais tout ce que j'avais fait depuis le temps.
– Depuis la dernière fois.
– Depuis le matin.
– Je te disais tout.
– Tu m'aimais.
– Je ne savais pas le nommer.

Ici les gens sont renfermés, repliés sur eux-mêmes. Ils vivent dans des sortes de terreaux, subissent la pensée comme un mal à endurer. Ils voudraient se reposer en regardant la mer mais elle est trop grande pour eux. Ils mangent des palourdes qu'ils pêchent eux-mêmes en silence. Les charpentiers leur ressemblent mais ils ne sont pas tout à fait de la même famille. Ils leur bâtissent des abris convenables puis s'en vont. Passent parfois les voir le dimanche.

– S'y perdre volontiers.
– Volontairement.
– Une dépendance voulue.
– Unique.
– Choisie.
– Rêvée.

En attendant donc je pêchai les huîtres. Un jour j'en avais découvert un lit sur le bord du chenal de la rivière. J'avais un peu peur de me blesser les pieds mais je savais que tu m'aimais. Mes pensées s'embrouillaient, passaient de l'amour à la douleur sans prévenir. Puis le silence, les bruits tranquilles de l'eau lorsqu'on pêche. Parfois il fallait plonger, aller de ses mains arracher l'huître à son sol.

– Tu nages donc bien.
– Parfois il fallait plonger.
– Tu m'aimais déjà ?
– Oui. En silence et selon le bruit des eaux.

En moi pressait déjà l'issue que je cherchais, d'où les cabines téléphoniques ici et là le long de la route. Comme une hantise, à tous les quelques kilomètres.

– Tu étais bien chaussée au moins ?
– Oui. Une semelle molle quand même.

Attendre, c'était tout ce qu'il y avait à faire. L'été nous portait. Tu arrivais d'Orient, moi d'Afrique. Nous passerions l'hiver ensemble, puis ce film que nous ferions. Aucun besoin d'arrêter des choix. Une mouche dans un coin de fenêtre où rien ne bouge, l'eau dégoulinant de mon bras lorsque je sortais une huître.

– J'ai fait un casse-tête.
– J'écoute les mouches.
– Je suis libre entre deux rivages.
– Une espèce de frénésie.
– Se marier longtemps et souvent.

Parfois je lisais Jeanne d'Arc ou l'autre, la papesse. Quelqu'endroit où rabattre mes troupes. La mouche bourdonnait de plus en plus fort.

– Elles sont pleines de terre.
– Il faut les brosser.
– Une soupe ?
– Le plaisir de les pêcher surtout.
– Perdu. Un concerto perdu.

Puis un téléphone inutilisé. J'appris à m'en servir.

– Le numéro international ?
– Oui. Tu le connais ?
– Oui. J'ai répondu au deuxième coup.
– Tu ne savais rien de ce qui arriverait.
– J'allais être menstruée.
– Des espoirs de toutes sortes.

Le temps passait. Tout le monde connaissait l'Adagio sauf moi. J'étais en transe. Cela se passait ailleurs qu'entre nous. Et dans ce désert volaient d'immenses cerfs-volants.

– Je ne disais rien.
– Tu me disais tout.
– Parfois je parlais.
– Tu rêvais.
– Je dormais mal.
– Je ne dormais pas, j'écoutais.

Et pendant tout ce temps fleurissaient les lupins que je ne pouvais pas encore savoir. Et toutes les saletés qu'emportait l'eau. Le robinet, la bouche de l'évier. Parfois il y avait même de petits insectes assez horribles blottis dans les fissures des coquilles mais l'eau les emportait avec le reste des saletés. Des efforts louables.

– Beaucoup beaucoup de sable.
– Trop de sable.
– Trop de terre.
– Beaucoup beaucoup de terre.

J'apprenais des mots nouveaux et je m'exprimais assez bien même si tu dormais dans le fauteuil à m'écouter. Le petit qui voulait nous vendre ses palourdes ne revenait pas, restait parti longtemps il nous semblait. Mais nous irions quand même nous promener au bord de la mer, ne rien changer à notre passé ni à notre histoire.

– J'ai froid.
– Tu veux que je monte le chauffage ?
– Non, ça ira.
– Viens, allons nous coucher.
– D'accord.

Les lieux de ce film n'étaient pas ceux que nous avions imaginés. Toi tu t'occupais à des conférences érudites pendant que moi je mangeais des fraises en rêvant de toi. Si facile d'écrire un roman. Elles étaient grosses, rouges et juteuses. Au téléphone tu me rapportais tout. Tu me disais que tu étais allée ici et là mais moi je ne te voyais nulle part. Nos rendez-vous étaient fixes et précis et n'échappaient à rien. Tu faisais brûler des papiers d'Arménie dans toutes les pièces.

– Les lupins s'en vont vers la fin.
– Vraiment chaque pièce ?
– Oui. Toutes les pièces.

Coup de théâtre, le petit garçon aux palourdes ne revint jamais. À partir de ce moment donc nous gardions nos chandails à la portée de la main puisque la vraie vie finissait toujours par s'infiltrer dans nos pages et prendre le dessus. Surréaliste. D'amour et de dépendance.

– Nous ne nous séparerons jamais.
– Il faudra que nous nous séparions pourtant.
– Ne m'abandonne pas.
– Je ne t'abandonnerai jamais.

Puis pendant trois jours j'écoutai le bruit des autos en espérant entendre arriver la tienne. Parfois aussi je regardais les lettres se dessiner sur l'écran et cela aussi m'amusait. Et passant ainsi tout mon temps devant la mer je compris que c'était elle qui t'avait menée jusqu'à moi. Et qu'au-delà de la mer ce mur, et qu'au-delà de ce mur la mort.

– Ce sont des coques ?
– Non, des moules.
– C'est le petit qui les a apportées ?
– Oui, tout à l'heure.

Je me souviens aussi que tu avais pris une palourde dans mon seau et que tu l'avais portée à ton oreille pour y entendre la mer.

– Je me souviens de tes jambes. Elles étaient longues et minces, trop longues et trop minces. Comme inadéquates.
– Oui, moi aussi je t'ai aimée la toute première fois.

On ne voudra pas que cela finisse. Quand il y aurait trop d'action, trop de mouvement, on passerait à nouveau au calme, au silence, à l'Adagio. On reverrait l'Orchestre sur la plage, les préparatifs des danseurs et des danseuses. Toujours en sachant que la chose avance, se dirige dans le temps. Une question de degrés. Un violoniste jouant de son archet un morceau de bois mort. Lui, à qui ce mur au-delà de la mer a déjà enseigné des choses.

– Je découvrais ton immense fragilité et j'avais peur.
– Je savais qu'après nous il n'y aurait plus rien de possible.
– Toute autre vie serait inexcusable, toute idée de continuité absurde.

Et pourtant tu me tendais la main. Qu'un film puisse être aussi désordonné et disparate que la vie. Paroles et sentiments. Parfois jusque très tard dans la nuit nous restions là à regarder les étoiles.

– Ici et là je brille pour toi, regarde.

Nous prenions soin de toujours replacer le disque au même endroit sur l'étagère.

– Bon, là il faudrait que les gens se placent. Les danseurs là, de ce côté.
– L'Orchestre doit-il rester dans l'herbe ou s'installer sur le rivage ?
– On ne veut rien voir derrière les charpentiers qui travaillent, juste le champ et la mer au loin.
– D'accord. Et le garçon ?
– Lui on le fera tout seul après. Autrement c'est pas possible.

Le temps s'était mis à se couvrir. On regardait les nuages, l'autobus ne brillait presque plus. Pour les charpentiers c'était bien, ni trop chaud ni trop froid. Aussi on sentait qu'ils avaient parfaitement compris ce qui était exigé d'eux. Le cinéma ne leur faisait pas peur et même c'était comme s'ils avaient compris le sérieux de l'affaire. Mais le ciel se couvrait.

– Les cabanes sont presque terminées. Il faudra juste nettoyer un peu autour, relever les herbes.
– Et les danseurs?
– Tranquilles sur la plage. Ne parlent presque plus.

On ne pouvait pas savoir comment cela allait finir. Il fallait que les danseurs et les danseuses se réapprennent dans ce nouveau décor. Il ne semblait rester que des images possibles, rien d'un film. Nous étions dans un état extatique et lamentable.

– La mer finira par prendre toute la place.
– Oui, bien qu'on n'avait pas pensé que cela affecterait les danseurs.
– Et les danseuses…
– Oui, les danseuses aussi, mais surtout les danseurs.

C'était à ne plus savoir si on pourrait réellement aimer un pareil film. Retrouver les danseurs et les danseuses dans l'eau sans pourtant que l'on ait assisté à du déplacement. Certaines choses que l'on puisse se passer de voir évoluer.

– Ta fragilité.
– Oui.
– Comme si elle pourrait finir par prendre toute la place.
– Et la tienne alors.
– La mienne aussi qui prend toute la place.

La dépendance, ses doubles et ses demi-tours. Jusqu'ici tout ce dont il n'a pas été question. Soupçonner. Des coques que l'on fait dégorger une nuit durant, que le goût de la terre ne se retrouve pas dans nos dialogues écartelés. Des silences à peine entamés, des réunions de production.

– Qu'est-ce qu'ils font ?
– Ils pêchent des coques.
– On dirait l'Inde.
– Vraiment ?

La mer t'avait déposée sur le sable et tu gisais là, désordonnée et belle. Tu n'avais que faire de tes si longues jambes, nulle part où aller. Tu dansais.

– Tu remplaçais les cartouches d'encre de ta plume comme si tu donnais une injection.

– J'avais peur de manquer de force pour les dialogues.

Je t'aimais trop. Une sorte de distance infranchissable et inconnue, une pièce cloisonnée. Tout ce qui est bon pour le cinéma et l'écriture.

– Attention de te couper, ce n'est pas un bon couteau pour faire ça.
– Vaudrait peut-être mieux les cuire.
– Une bisque.
– C'est quoi une bisque ?
– Une sorte de soupe. Un plus joli mot.

Ailleurs des gens fêtaient et soupaient à force d'être ensemble mais nous nous restions tranquilles. Les fraises étaient mûres et nous allions en cueillir. Nos bouts de doigts rougis. Parfois ces gens avaient mal et tentaient de s'échapper, de fuir. Pour nous aucune issue, notre dépendance s'occupait de tout.

– T’en veux encore ?
– Oui, c’est délicieux.
– C’est une bisque.
– Oui, je sais. J’en fais aussi.

Il n'y avait rien de très explicité, seulement un rapport entre les choses et quelques regards. Des visages de danseurs et de danseuses vus de près. Un ou deux charpentiers curieux seraient restés sur les lieux jusqu'à la fin du tournage. Observateurs. Jusqu'à la fin du garçon en voie de devenir homme.

– Je ne voulais pas te réveiller.
– J'ai dormi longtemps ?
– Oui.
– Lorsque j'ai les yeux fermés je ne te vois pas et tu es pourtant si belle.

Les citrons ne poussent pas sur les côtes salées du Nouveau-Brunswick. On en trouve dans les supermarchés tout comme le poivre d'ailleurs. Et l'humour n'y est pas toujours évident non plus. Des bandes fragilement dessinées, à peine signées. De toute façon les œuvres que tout le monde connaît. L'horaire des marées, les endroits où pêcher.

– Un orchestre entier qu'on va faire venir d'Halifax, ça ne va pas non ? Qui est-ce qui paierait pour ça ?
– Une nouvelle église pourrait s'immiscer dans les affaires du peuple.

Les doubles tranchants de l'amour et de la dépendance, le continuum qui fait qu'à n'importe quel moment les vides qu'on laisse. Une voix d'homme, de femme. Des voix amérindiennes. Abénaquises. Des voix pour l'amour de nous-mêmes. Un film se terminera, déroulé, hors de sa bobine.

– Certaines adresses sont indéchiffrables sur les enveloppes qu'on met à la poste.

Quelques danseurs et danseuses habitent maintenant les cabanes en permanence. Leurs noms ne figurent plus aux affiches de cinéma. Tous les membres de l'Orchestre sont repartis cependant, et un seul a ramené avec lui un morceau de bois sec. Il ne jouera plus que lui dorénavant. L'appartement est maintenant tout à fait confortable, n'y reste plus que de petits travaux amusants à faire. Sauver un mariage, lutter contre la peur de mourir.

– Ton maillot sera rayé ?
– Oui, et tout d'une pièce.

Histoire de la maison qui brûle

Vaguement suivi d'un dernier regard sur la maison qui brûle

C'était une ère à se demander si l'art servait réellement à quelque chose et si les artistes pouvaient être rentables.

Au fond de moi, de l'autre côté de la rue, une femme est assise par terre les jambes croisées, le dos droit, les yeux fermés. Om.

C'était aussi une époque qui s'éparpillait dans plusieurs directions à la fois, comme les pages d'un journal que le vent envoie balayer dans les rues. Et ce vent venait d'Orient.

Elle ne bouge pas, n'a pas bougé depuis que je la regarde. Om.

On commençait d'ailleurs à se montrer plus attentif aux différents registres de la poésie.

Entre elle et moi il n’y a que le temps qui passe.
Om.

Il y en avait même qui commençaient à vouloir altérer, pour ne pas dire inverser, le cours de la littérature. Toujours la page de droite renvoyait à celle de gauche et on ne s'attendait plus à des livres épais aux pages bien remplies.

Entendre au loin qu'une charpente veut céder.
Om.

C'était en novembre 1953. Je portais un manteau de laine neuf couleur taupe et j'étais frais rasé.

Le temps n'est qu'un symbole. Om.

Je me dirigeais tranquillement vers la maison de la poste où prendre les trois formulaires à remplir pour envoyer des colis outre-Atlantique. Je préparais une boîte de vivres pour Émile Lauvrière qui vivait pauvrement à Paris. J'avais d'ailleurs déjà acheté le café en grains, le sucre en cubes, la viande en conserve, le riz, le cacao, le jello et les confitures.

La tragédie d'un peuple. Om.

De sorte que lorsque je l'aperçus assise à même le béton de cette petite place non loin de la rue Union, elle ne bougeait pas, n'avait toujours pas bougé.

Des destins sourds, muets, qui ne s'offrent pas au langage. Om.

Du coup elle s'installa en moi comme une sorte de passivité dirigée et je notai sur le dos d'une enveloppe à fenêtre que c'était la seule façon d'arriver encore à écrire un peu.

Une sorte de transparence. Om.

À force de la regarder et malgré tous ces bâtiments qui m'entouraient je découvrais de grands espaces ouverts où me prononcer. Je déboutonnai mon manteau.

Sans effort et sans nul autre choix. Om.

Je voyais bien que c'était une ère qui s'éparpillait dans plusieurs directions à la fois malgré ces rues visiblement à sens unique et le flot régulier de la foule devant moi.

Et la maison brûlait. Om.

Comme quelque chose d'incompréhensible et d'inaltérable les flammes avaient pris naissance à l'arrière de la maison mais on les vit bientôt danser à travers la fenêtre du salon.

La filerie électrique n'avait été installée que depuis quelques mois et aucune police d'assurance. Om.

Elle ne bouge pas, n'a toujours pas bougé.

Toujours des gens, des voitures, des camions passent qui me la cachent un moment, comme une sorte de mouvement inentravé et inconditionné. Om.

Je me rappelais avoir déjà vu une maison de la poste quelque part dans les environs mais je ne parvenais plus à suffisamment rassembler mes idées pour pouvoir la trouver.

Une dimension entièrement nouvelle. Om.

Je découvrais, en sa présence, des endroits où tout s'arrête sans que ce ne soit la mort pour autant, comme un lieu sans but et sans raison où il n'est absolument d'aucune utilité de savoir se concentrer.

Une technique. Om.

Et, à force de rester là, j'en vins un peu comme elle à représenter une sorte de fait accompli, laissant aux autres les émotions et l'intelligibilité ou la non-intelligibilité des choses.

Une tactique. Om.

Je m'aperçus alors que je n'avais aucune idée de ce que pourrait une fiction à partir de personnages qui ne voulaient plus bouger, car on ne peut tout de même pas forcer les gens à se déplacer.

Une ferveur. Om.

Je sentais pourtant que j'aurais aimé raconter un peu une vraie histoire et je crois bien que je me figurais encore avoir l'occasion d'élaborer une situation, bien que j'étais pressé de trouver cette maison de la poste car j'étais un employé sérieux et responsable.

Un phantasme. Om.

Vers les quatre heures de l'après-midi, deux peintres d'immeuble passant par là laissèrent tomber près d'elle une de leurs grandes toiles de travail. Elle ne les a pas vus cependant, ou du moins elle n'a pas répondu à ce geste. Les peintres n'ont pas insisté. Ils ont attendu un petit moment puis ils sont partis en haussant les épaules, sans reprendre leur toile.

On avait fait appel aux pompiers mais la maison était rasée à leur arrivée. Om.

À travers une petite porte dissimulée un bras avance et retire l'argenterie en montre dans la vitrine du magasin d'orfèvre contre lequel je suis appuyé.

Le cliquetis des pièces que certains certaines laissent tomber par terre devant elle, comme s'il s'agissait d'une quelconque sorte de fatigue sociale. Om.

Je notai également que de l'autre côté d'une autre rue se trouvait une petite église trapue, en pierre, et parfois des gens y entraient.

Tout ce qui acquiert de la valeur avec le temps, ou selon notre regard. Om.

Elle ne bouge pas, n'a toujours pas bougé. Depuis tout ce temps que je la regarde elle n'a même pas ouvert les yeux. Je commençai donc à comprendre que cela relevait vraiment de la fiction, même s'il n'était pas du tout évident que l'histoire allait de l'avant.

Cette page du manuscrit acadien selon laquelle *les martyrs emportèrent comme suprême vision de la patrie les sanglantes lueurs d'un incendie qui dévorait granges, maisons, églises.* Om.

Vers les trois heures du matin j'avais toujours l'art de me trouver au même endroit et de me ressembler.

La flamme constante et pure de la recherche. Om.

À quatre heures du matin elle n'avait toujours pas bougé et je cherchais toujours un peu la maison de la poste bien que ne sachant plus très bien ce que je voulais y faire.

Sa solidité et sa stricte observance me gardaient au chaud. Om.

Il faisait clair et les rues étaient déjà sorties de leur torpeur lorsque je me réveillai au bout d'un rêve dans lequel j'étais scribe municipal, allant ici et là noter au passage telle installation de misère, telle maison de jouissance.

Des familles dans une situation très pénible, même inhumaine. Om.

Elle ne bouge pas, n'a toujours pas bougé.

Chercher le secret par où entrer. Om.

Heureusement pour moi, j'étais libre de rester sur place car j'étais un homme et il était rare qu'un automobiliste offrît de me conduire quelque part ou proposât de m'emmener faire un petit tour, bien que cela arriva une fois.

La maison comme symbole de désir. Om.

Plus le temps passait, plus j'étais décidé à me rendre au bout de cette histoire car il était devenu évident pour moi que cette femme avait une âme.

Le dos toujours aussi droit, même dans le creux des reins. Om.

Le livre se lisait vite. Il était apparent qu'on ne pouvait pas vivre comme ça à n'importe quel prix. Pourtant, quelque chose de foncièrement inusité faisait que tout cela pouvait encore durer.

Le chef des pompiers imprima *cause indéterminée* sur son rapport et dès lors l'art prit encore une autre direction. Om.

Le deuxième jour passa. Je n'avais toujours pas trouvé cette agence de voyage où déposer le curriculum vitæ exigé pour être admis sur les vols intercontinentaux.

Les phases ou les phrases plus ou moins inconscientes de sa vie. Om.

Aussi, deux petites filles qui passèrent me conseillèrent d'écrire un livre pour enfants. Elles se tenaient par la main.

Toujours le cliquetis des pièces qui tombent et toujours le fait de recevoir quelque chose. Om.

Puis je me rendis compte que je commençais à être pénétré d'une autre croyance à l'égard de cette femme. Je boutonnai mon manteau.

Suivre en même temps plusieurs bifurcations de la pensée et cultiver la bonne attitude pour les affaires. Om.

Je finis même par m'enrouler dans la toile des peintres.

Les deux petites avaient d'ailleurs beaucoup aimé cette portée du livre. Om.

Je manœuvrais de l'intérieur toutes les issues possibles. Mentalement j'écrivais entre les lignes des carnets d'adresses défilant devant moi que la maison ne serait plus jamais qu'une illusion, que dorénavant nous ne ferions que camper sur le seuil de notre véritable histoire.

Je me réjouissais de voir que les automobilistes ne faisaient aucun effort pour renverser ces tentes intrasubjectives. Om.

Le dos toujours aussi droit, même dans le creux des reins.

Tout ce qui est bon pour la coagulation naturelle du tofu. Om.

En fin de compte je résumai, toujours sur cette enveloppe à fenêtre, les quelques principes de psychologie inversée, de fermeture de bureaux régionaux, de subsistance de galeries d'art et de polarité corporelle dont je pouvais encore me souvenir.

De telle manière que, petit à petit, il n'y eut plus aucun moyen de distinguer l'homme de la femme, l'observant de l'observée, et, encore une fois, il n'y eut plus aucun moyen de savoir comment cela allait finir. Om.

On ne sait pas combien de temps cela dura. À vrai dire, on n'a plus de mesure pour ce genre de chose.

Au contraire, cela dura le temps précis d'une indétermination involontaire qui ne comportait aucun indice reconnaissable de résolution. Il ne s'agissait même pas d'un conflit intérieur. Om.

Il fallut donc faire à reculons le trajet qui avait mené jusqu'ici, remonter jusqu'à la première image du livre, à ses premières impressions de rue et même jusqu'à la première immobilité de cette femme qui ne bouge pas, n'a toujours pas bougé.

Donc, je me dirigeais vers la maison de la poste etc. etc. lorsque je l'aperçus assise par terre les jambes croisées, le dos bien droit, même dans le creux des reins. Om.

Je me dirigeais donc vers la maison de la poste où prendre trois formulaires à remplir pour envoyer des colis outre-Atlantique etc. etc. mais c'est inutile. Impossible de trouver l'indice qui manque.

Et c'est ici précisément que s'installe le défi de ce livre. Om.

Mon idée avait été qu'à la fin, à la toute dernière page de cette période indéterminée, la femme se serait levée et se serait mise à marcher, comme si de rien n'était ou comme si, soudainement, elle avait clairement perçu une motivation pour ce faire.

Chercher d'où pourrait venir cette motivation.
Om.

Le vent continuait de surprendre les gens au tournant des rues comme au tournant des pages et ceux celles qui s'intéressaient à la philatélie avaient souvent du mal à défendre leurs catalogues contre lui.

Il s'agissait toujours, bien sûr, de ce vent qui venait d'Orient. Om.

Il est par contre important de signaler que, dans cette histoire, le vent ne touche pas du tout au feu et ne se mêle surtout pas aux flammes pour faire brûler la maison trop vite. Une des exigences de ce livre veut en effet que l'incendie ait lieu par une nuit tout à fait calme et étoilée. Quant à la maison même, elle se situe en campagne ou à Dieppe, sur la petite rue Doucet.

Il n'y a rien de particulier à signaler quant à l'arrivée tardive des pompiers. Cela est un fait divers. Om.

La femme qui habitait cette maison. Quand le feu se déclara, plutôt que de se mêler à la foule, elle se réfugia avec ses deux enfants à la lisière du bois ou du champ. C'est de là qu'elle put regarder brûler sa maison. Quelque temps plus tard elle entendit des voitures démarrer et se mettre en route. Leurs phares dans la nuit traçaient des possibilités diverses.

C'est la même femme qui trouva plus tard à se rendre en ville, où elle s'assit à même le béton et d'où elle ne bougea plus. On ne sait pas ce qu'il advint de ses enfants. Om.

Pour cette femme, la maison brûle toujours, n'a jamais cessé de brûler. Les flammes y sont prises de partout et jamais elle ne voit l'image finale de la consumation. Pour elle il ne peut jamais être question ni de calcination ni de cendres.

De sorte qu'assise le dos droit et les yeux fermés, c'est toujours la maison possédée des flammes qu'elle voit, et elle entend toujours au loin qu'une charpente veut céder. Om.

C'est à cause de cet état de suspension constant que la femme ne peut pas pour ainsi dire recommencer sa vie. Il ne pourra jamais être question de cela. Même si les raisons profondes nous échappent, cela doit être accepté comme un fait. Tout ce qui arrive, tout ce qui peut encore se passer doit avoir lieu à partir de ce fait. C'est la seule histoire possible.

Quand l'homme arrive en marchant le long de cette rue Union et qu'il aperçoit la femme. Om.

Toute toupie qui n'est pas défectueuse finit toujours par trouver son équilibre et son axe. Il est ici fonctionnellement intéressant de savoir que les toupies finissent toujours par trouver leur équilibre et leur axe malgré des vacillements initiaux et parfois même une certaine lenteur.

Mais le fait de la toupie est ici anodin. Car cet objet n'avait pas de part réelle dans la genèse de l'histoire de la maison qui brûle, histoire qui, comme la toupie, a fini par exposer son axe et se révéler à nous. Om.

Les deux enfants de la femme. Une fille, âgée de sept ou neuf ans, et un fils, plus jeune. La fille, à côté de sa mère, n'avait pas peur de regarder la maison en flammes. Le petit, lui, avait tendance à vouloir enfouir son visage dans le vêtement de sa mère, ce que sa mère lui laissait faire d'ailleurs.

À la lisière du bois ou du champ se trouvait une assez grosse pierre sur laquelle la femme s'était assise. Restés debout, les enfants lui arrivaient à la poitrine. La femme les serrait contre elle, la fille à sa gauche et le fils à sa droite. Om.

Il était difficile de lire l'expression sur le visage de la femme à ce moment-là. C'était une expression qui nous est méconnue, une expression de neutralité qui se rapproche justement du om. Le petit, lui, pleurnichait.

Il n'y eut jamais de peintres d'immeuble qui passèrent par là au moment de l'incendie et pourtant cette femme était déjà enroulée de l'immense toile. D'où l'heureuse possibilité pour le petit d'enfouir son visage dans le vêtement de sa mère. Om.

Il est par ailleurs intéressant de noter que c'est un homme qui, passant dans cette rue de Montréal et voyant la femme, fut frappé au point de perdre un certain sens commun du réel. Car c'est aussi le fils de la femme qui ne pouvait souffrir de regarder la maison éprise de flammes.

Mais il ne faudrait pas croire que l'homme qui s'arrête est, de quelque manière que ce soit, le fils de cette femme. Ce détail est surtout très net dans l'esprit de cet homme. Om.

La toile des peintres d'immeuble en rapport avec cette femme assise sur une pierre. Tout cela voulait sans doute rappeler l'art de la sculpture, car c'était une époque à se demander si l'art servait réellement à quelque chose et si les artistes pouvaient être rentables.

Ce que cette sculpture voulait représenter. De préférence, une situation très spécifique et très universelle à la fois. Forcément, elle représentait aussi une certaine condition de l'art en même temps qu'une certaine condition de la femme. Soit quelque chose devant quoi, un jour ou l'autre, on est plus ou moins obligé de s'arrêter. Om.

C'était ça, en gros, l'histoire de la maison qui brûle.

Om.

Choix de jugements

Sans jamais parler du vent

France Daigle a une écriture solide et juste, ses mots n'entravent jamais le sens mais vont plutôt à la quête du souffle, le fouillent, le retiennent et le dirigent, de manière entendue, du côté de la modernité. Sans jamais pourtant « non-dire », le livre de France Daigle semble effleurer l'esprit tout en s'y posant car ce qu'elle écrit s'imprègne sans toujours en avoir l'air.

Anne-Marie Alonzo, « D'Acadie : *Sans jamais parler du vent* », *La Vie en rose*.

France Daigle nous donne un livre fait au rythme de ces questions et de ces petits hasards, de ces mots nécessaires qui forment la trame des tensions de vivre. L'ouvrage est de qualité. Le style est séduisant et s'acharne à décrire « ces choses qui nous viennent à l'esprit, vers lesquelles tendre ». *Sans jamais parler du vent* s'ajoute aux phrases de Gérald LeBlanc, Herménégilde Chiasson, Dyane Léger et d'autres pour dire les visages d'une littérature acadienne moderne.

Claude Beausoleil, « *Sans jamais parler du vent* », *Nuit blanche*.

Film d'amour et de dépendance

L'écriture de France Daigle explore de nouveaux terrains, déborde des cadres habituels et pose les jalons d'une œuvre qui, malgré les fortes influences durassiennes, ne manque pas d'intérêt et s'oriente hors des sentiers battus. Avec *Film d'amour et de dépendance*, un dialogue s'amorce entre des genres (prose / poésie), des formes narratives, des styles d'écriture, des thèmes (« la dépendance, ses doubles et ses demi-tours », « les doubles tranchants de l'amour et de la dépendance ») et, surtout, entre la littérature et le cinéma, entre l'homme et la femme.

Stéphane Lépine, « France Daigle, *Film d'amour et de dépendance. Chef-d'œuvre obscur* », *Nos livres*.

Mais curieusement (et paradoxalement), un effet d'économie dans cette double écriture. D'abord, sur la page de gauche, des proses descriptives de l'événement de ce tournage (soit ce « chef-d'œuvre obscur ») ou les pages d'un journal écrit au je ; puis sur la page de droite, des dialogues ou des répliques, ou des monologues dont ni le destinataire ni le destinateur n'avoue(nt) ou leur nom ou son nom. L'effet perte, l'effet noir de qui ne se nomme pas, de qui n'est pas nommé. Et c'est dans cette alternance des styles, dans cette vocation multiple que le texte de Daigle est le plus intéressant. Si l'histoire de ce livre reste fuyante, son écriture adhère à son propos, suit les variations continues d'une tension qu'une écriture parfois sobre et percutante réussit à retenir. »

Hugues Corriveau, « France Daigle, *Film d'amour et de dépendance* », *Estuaire*.

Comme toute poésie, le ciné-poème évoque une vision imaginaire, mais alors que cette vision s'appuie d'ordinaire sur le passé, la rêverie ou même la réalité, sauf à se donner pour une pure hallucination verbale, la vision devient, ici, celle du film. L'imagination est donc doublement créatrice : elle nourrit d'abord l'image d'un film, qui reste fictif ; puis elle s'emploie à le regarder de façon convaincante. Pour compliquer encore le jeu, le film supposé par France Daigle a pour objet l'attente d'un autre film, imaginaire à la puissance supérieure, puisque la valeur de ses dialogues et la signification de ses figures sont discutées dans le scénario du premier.

Alain Masson, « France Daigle, *Film d'amour et de dépendance* », *Lectures acadiennes.*

HISTOIRE DE LA MAISON QUI BRÛLE

Toutes les tensions, les hésitations du premier livre ont disparu dans *Histoire de la maison qui brûle*, qui n'est plus la quête d'une écriture, mais sa découverte. Il n'y a plus d'espace conflictuel dans ce roman, mais une entente définitive qui s'établit par-delà le verbe entre le « je » qui affirme nettement et clairement sa bisexualité et la femme qu'il regarde tandis qu'elle assiste à l'incendie de sa demeure. La solitude omniprésente dans la première œuvre est alors vaincue tandis que la page de droite dialogue avec la page de gauche confondant passé et présent afin que naisse le message absolu de la nouvelle parole silencieuse.

Josette Déléas-Matthews, « France Daigle : une écriture de l'exil, une écriture en exil », *Atlantis.*

Biographie

1953	Naissance à Moncton, le 18 novembre. Elle raconte dans *1953. Chronique d'une naissance annoncée* les problèmes de santé qui l'accompagnèrent, bébé. Son père, Euclide Daigle, est journaliste à *L'Évangéline.*
1969	Participation au documentaire *Éloge du chiac* de Michel Brault.
1971	Obtention d'un diplôme d'études secondaires à Dieppe et Moncton.
1973	Travaille à titre de journaliste au quotidien *L'Évangéline.*
1976	Complète un baccalauréat en littérature à l'Université de Moncton.
1978-1980	Travaille en tant que traductrice à la Société des traversiers Marine Atlantique.
1981	Débute son projet littéraire ; elle publie notamment des poèmes dans la revue *Éloizes* (numéro 3).
1983	Publication de sa première fiction, *Sans jamais parler du vent,* aux Éditions d'Acadie (Moncton).
1984	Publication de son deuxième livre, *Film d'amour et de dépendance,* aux Éditions d'Acadie.
1985	Publication de son troisième livre, *Histoire de la maison qui brûle,* aux Éditions d'Acadie. La même année, elle

publie, à Montréal, aux Éditions de la Nouvelle Barre du jour *Variations en B et K.*

1986 En collaboration avec Hélène Harbec, publication, à Montréal, aux Éditions du Remue-ménage, de *L'été avant la mort.*

1987 Signe la narration du film expérimental *Tending Towards the Horizontal,* de la cinéaste torontoise Barbara Sternberg.

1987-2010 Occupe divers emplois à Radio-Canada Acadie, principalement à la salle des nouvelles.

1991 Publication de *La beauté de l'affaire,* à Montréal aux Éditions de la Nouvelle Barre du jour et à Moncton aux Éditions d'Acadie. Elle reçoit le prix Pascal-Poirier (du Lieutenant-gouverneur du Nouveau-Brunswick) pour l'ensemble de son œuvre.

1993 Publication de *La vraie vie,* à Montréal aux Éditions de l'Hexagone et à Moncton aux Éditions d'Acadie. Certains traits importants de l'écriture de Daigle s'y affirment.

1995 Publication de *1953. Chronique d'une naissance annoncée* aux Éditions d'Acadie. • Sally Ross traduit, à la House of Anansi Press, *La vraie vie* sous le titre *Real Life.*

1997 Elle est accueillie pour une résidence d'écrivain à l'Université de Moncton. • Sa pièce de théâtre *Moncton-sable,* mise en scène par Louise Lemieux, est produite par le collectif Moncton-sable. • Robert Majzels traduit, à la House of Anansi Press, *1953. Chronique d'une naissance annoncée* sous le titre *1953: Chronicle of a Birth Foretold.*

1998 Publication de *Pas pire,* aux Éditions d'Acadie. Le livre remporte le prix Éloize, le prix France-Acadie et le prix Antonine-Maillet-Acadie Vie. Il est réédité en 2002, à Montréal, aux Éditions du Boréal.

1999 Sont produites, respectivement par le département de théâtre de l'Université de Moncton et le collectif

Moncton-sable, ses pièces de théâtre *Le musée du Nouvel-âge*, mise en scène par Alain Doom et *Craie*, mise en scène par Louise Lemieux. • Robert Majzels traduit, à la House of Anansi Press, *Pas pire* sous le titre *Just Fine.*

2000 Est produite par le collectif Moncton-sable sa pièce *Foin*, mise en scène par Louise Lemieux.

2001 Est produite par le collectif Moncton-sable sa pièce *Bric-à-brac*, mise en scène par Louise Lemieux. • Elle publie, aux Éditions du Boréal, à Montréal, *Un fin passage*. Le livre sera en lice pour le ReLit Award 2003.

2002 Elle publie, aux Éditions du Boréal, *Petites difficultés d'existence*, qui remporte le prix Éloize et est en lice au prix littéraire des Collégiens du Québec. • Robert Majzels traduit, à la House of Anansi Press, *Un fin passage* sous le titre *A Fine Passage.*

2003 Présentation, sous forme d'atelier de voix, de *En pelletant de la neige*. Il s'agit d'une production du collectif Moncton-sable dirigée par Louise Lemieux.

2004 Production, sous forme théâtrale, de *Sans jamais parler du vent* par le collectif Moncton-sable. La mise en scène est assurée par Louise Lemieux. • Robert Majzels traduit, à la House of Anansi Press, *Petites difficultés d'existence* sous le titre *Life's Little Difficulties.*

2006 Elle est accueillie à l'Université d'Ottawa à titre d'écrivaine en résidence.

2007 Production, sous forme théâtrale, d'*Histoire de la maison qui brûle*, par le collectif Moncton-sable. La mise en scène est assurée par Louise Lemieux et la représentation a lieu à l'Hôtel de ville de Moncton.

2009 Participation à *Éloge du chiac Part 2*, réalisé par Marie Cadieux.

2011 Remporte le prix du Lieutenant-gouverneur du Nouveau-Brunswick pour l'ensemble de son œuvre. • Publication de *Pour sûr*, aux Éditions du Boréal.

Ce roman lui vaut le prix Antonine-Maillet-Acadie Vie, le prix Champlain, le prix du Gouverneur général du Canada. Elle est également finaliste pour le Grand prix du livre de Montréal et le Prix des lecteurs Radio-Canada.

2012 Publication d'une édition critique par Monika Boehringer de *Sans jamais parler du vent*, à l'Institut d'études acadiennes de l'Université de Moncton.

Bibliographie

Sur l'œuvre de Daigle

Boudreau, Raoul, « Le silence et la parole chez France Daigle », dans Raoul Boudreau, Anne Marie Robichaud, Zénon Chiasson et Pierre M. Gérin (dir.), *Mélanges Marguerite Maillet*, Moncton, Éditions d'Acadie, 1996, p. 71-81.

Boehringer, Monika, « Au seuil du texte daiglien, la couverture : simple illustration ou porteuse de sens ? », dans Monika Boehringer, Kirsty Bell et Hans R. Runte (dir.), *Entre textes et images. Constructions identitaires en Acadie et au Québec*, Moncton, Institut d'études acadiennes (coll. « Pascal-Poirier »), 2010, p. 221-235.

Den Toonder, Jeanette, « Voyage et passage chez France Daigle », *Dalhousie French Studies*, n° 62, printemps 2003, p. 13-24.

Doyon-Gosselin, Benoit, *Pour une herméneutique de l'espace : l'œuvre romanesque de J.R. Léveillé et France Daigle*, Québec, Éditions Nota bene (coll. « Terre américaine »), 2012, 383 p.

Dumontet, Danielle, « France Daigle entre autofiction et fiction autobiographique », *Neue Romania*, n° 29, 2004, p. 107-125.

Francis, Cécilia W., « L'autofiction de France Daigle. Identité, perception visuelle et réinvention de soi », *Voix et Images*, n° 84, printemps 2003, p. 114-138.

Lonergan, David, « France Daigle », *Nuit Blanche*, n° 122, 2011, p. 10-13.

Morency, Jean (dir.), « France Daigle », *Voix et images*, nº 87, printemps 2004, p. 9-107.
Paleshi, Stathoula, « La constance des doubles chez France Daigle : finir par toujours revenir », mémoire de maîtrise, Waterloo, Université de Waterloo, 2001, 116 p.
Paleshi, Stathoula, « Finir toujours par revenir : la résistance et l'acquiescement chez France Daigle », *Francophonies d'Amérique*, nº 13, été 2002, p. 31-45.
Paré, François, « La chatte et la toupie : écriture féminine et communauté en Acadie », *Francophonies d'Amérique*, nº 7, 1997, p. 115-126.
Potvin, Claudine, « L'épaisseur de l'art : art et écriture chez France Daigle », dans Monika Boehringer, Kirsty Bell et Hans R. Runte (dir.), *Entre textes et images. Constructions identitaires en Acadie et au Québec*, Moncton, Institut d'études acadiennes de l'Université de Moncton (coll. « Pascal-Poirier »), 2010, p. 207-220.
Ricouart, Janine, « France Daigle's Postmodern Acadian Voice in the Context of Franco-Canadian Lesbian Voices », dans Paula Ruth Gilbert et Roseanna L. Dufault (dir.), *Doing Gender. Franco-Canadian Women Writers of the 1990s*, Cranbury, Associated University Presses, 2001, p. 248-266.
Roy, Véronique, « La figure d'écrivain dans l'œuvre de France Daigle, aux confins du mythe et de l'écriture », dans Robert Viau (dir.), *La création littéraire dans le contexte de l'exiguïté*, Beauport, Publications MNH, (coll. « Écrits de la francité »), 2000, p. 27-50.

Entretiens et entrevues

Allard, Claire, « La vraie vie de France Daigle : l'écriture », *Atlantic Books Today*, nº 6, été 1994, p. 3.
Arseneau, Marc, « France Daigle », *Vallium*, nº 6, 1995, p. 38-42.
Bruce, Clint, « France Daigle et l'écriture au juste milieu », *Le Front*, 26 mars 2003, p. 16.
Campion, Blandine, « Éloge du plaisir et de la lenteur. France Daigle et l'espace cérébral », *Le Devoir*, 15 août 1998, p. D1-D2.

Désautels, Sophie, « France Daigle. La Lelouch du roman », *Ven'd'est*, hiver 1993-1994, p. 54-55.
El Yamani, Myriame, « L'Acadie se comprend à mi-mots », *Le Devoir*, 10 octobre 1991, p. B6.
El Yamani, Myriame, « Elles réinventent l'Acadie », *Châtelaine*, août 1992, p. 78.
Lajoie, Claudette, « Personnage remarqué », *Femmes d'action*, vol. 21, nº 2, 1991, p. 33-34.
Leblanc, Doris et Anne Brown, « France Daigle : chantre de la modernité acadienne », *Studies in Canadian Literature / Études en littérature canadienne*, vol. 28, nº 1, 2003, p. 147-161.
Giroux, François, « Portrait d'auteure @ France Daigle », *Francophonies d'Amérique*, nº 17, printemps 2004, p. 79-85.
Leblanc, Gérald, « France Daigle, le trésor bien caché », *Le Journal*, 26 avril 1997, p. 18.
Martel, Réginald, « Folklore ou pas folklore », *La Presse*, 7 mai 1995, p. B1 et B4.
Mousseau, Sylvie, « L'agoraphobie au centre de *Pas pire* », *L'Acadie nouvelle*, 18 mars 1998, p. 25.
Mousseau, Sylvie, « L'amour au quotidien de Terry et Carmen », *L'Acadie nouvelle*, 8 novembre 2002, p. 3.
Royer, Jean, « Les chemins de l'Acadie mythique à l'Acadie réelle », *Le Devoir*, 15 décembre 1984, p. 30.
Saint-Hilaire, Mélanie, « J'suis manière de proud de toi », *L'actualité*, vol. 27, nº 3, 2002, p. 66-68.

SUR LA TRILOGIE

Sans jamais parler du vent

Comptes rendus

Alonzo, Anne-Marie, « D'Acadie : *Sans jamais parler du vent* », *La Vie en rose*, nº 19, septembre 1984, p. 56
Beausoleil, Claude, « *Sans jamais parler du vent* », *Nuit blanche*, nº 12, février-mars 1984, p. 17.
Boudreau, Raoul, « *Sans jamais parler du vent* ou la Parole retenue », *Le Papier*, vol. 1, nº 1, mars 1984, p. 14-15.
Landry, Bernadette, « *Sans jamais parler du vent* », *Campus*, 14e année, décembre 1983, p. 4.

Landry, Bernadette, «*Sans jamais parler du vent:* résumé», *Dimensions*, janvier 1984, p. 34.

Thaler, Danielle, «*Sans jamais parler du vent. Roman de crainte et d'espoir que la mort arrive à temps*», *Resources for Feminist Research / Documentation sur la recherche féministe*, vol. 14, n° 2, juillet 1985, p. 8.

Film d'amour et de dépendance

Comptes rendus

Alonzo, Anne-Marie, «*Chef-d'œuvre obscur*», *La Vie en rose*, n° 24, mars 1985, p. 60-61.

Beaulieu, Michel, «*Film d'amour et de dépendance*», *Livres d'ici*, vol. 10, n° 3, novembre 1984, p. 21-22.

Corriveau, Hugues, «France Daigle, *Film d'amour et de dépendance* (*chef-d'œuvre obscur*)», *Estuaire*, automne 1986, p. 77-78.

Étienne, Gérard, «La saison acadienne s'ouvre magistralement», *Le Devoir*, 6 octobre 1984, p. 24.

Étienne, Natania, «La rentrée littéraire aux Éditions d'Acadie», *Le P'tit Moniteur*, 25 octobre 1984, p. 5.

Leblanc, René, «France Daigle: *Film d'amour et de dépendance*», *Le Courrier de la Nouvelle-Écosse*, 21 novembre 1984, p. 12.

Lépine, Stéphane, «France Daigle, *Film d'amour et de dépendance. Chef-d'œuvre obscur*», *Nos livres*, vol. 15, n° 5977, décembre 1984, p. 19-20.

Masson, Alain, «France Daigle, *Film d'amour et de dépendance*», *Revue de l'Université de Moncton*, vol. 18, n° 1, 1985, p. 162-164. Repris dans *Lectures acadiennes*, Moncton, Perce-Neige, 1994, p. 139-140.

Ouellet, Lise, «*Film d'amour et de dépendance* de France Daigle», *Le Papier*, n° 3, novembre 1984, p. 18.

Ross, Sally, «Three Recent Acadian Literary Works», *The Atlantic Provinces Book Review*, vol. 12, n° 1, février-mars 1985, p. 13.

Turcotte, Suzy, «*Film d'amour et de dépendance*», *Nuit blanche*, n° 17, février-mars 1985, p. 5.

Histoire de la maison qui brûle

Comptes rendus

De Gonzague, Louise, « Daigle (France), *Histoire de la maison qui brûle. Vaguement suivi d'un dernier regard sur la maison qui brûle* », *Nos livres*, vol. 17, nº 6613, juin-juillet 1986.

Dorion, Hélène, « *Histoire de la maison qui brûle* », *La Vie en rose*, nº 40, novembre 1986, p. 62.

Ross, Sally, « Acadian Publications », *The Atlantic Provinces Book Review*, vol. 13, nº 4, novembre-décembre 1986, p. 14.

Analyses critiques de la trilogie

Boudreau, Raoul et Anne Marie Robichaud, « Symétries et réflexivité dans la trilogie de France Daigle », *Dalhousie French Studies*, nº 15, automne-hiver 1988, p. 143-153.

Cook, Margaret, « France Daigle : dualité et opposition », *LittéRéalité*, vol. 5, nº 2, 1993-1994, p. 37-46.

Daigle, France, *Sans jamais parler du vent. Roman de crainte et d'espoir que la mort arrive à temps*, édition critique établie par Monika Boehringer, Moncton, Institut d'études acadiennes, 2012, coll. Bibliothèque acadienne, 259 p.

Déléas-Matthews, Josette, « France Daigle : une écriture de l'exil, une écriture en exil », *Atlantis*, vol. 14, nº 1, 1988, p. 122-126.

Doyon-Gosselin, Benoit, « La figure de la maison et de l'architecte dans l'œuvre romanesque de France Daigle », *Port-Acadie*, vol. 8-9, automne 2005, printemps 2006, p. 61-74.

Gaudet, Jeannette, « La métaphore du cinéma dans *Film d'amour et de dépendance. Chef d'œuvre-obscur* de France Daigle », *Dalhousie French Studies*, nº 15, automne-hiver 1988, p. 154-159.

Lefrançois, Émilie, « Le désir d'écrire au neutre : lecture des manifestations du genre dans les deux trilogies de France Daigle », mémoire de maîtrise, Rimouski, Université du Québec à Rimouski, 2005, 150 f.

Paré, François, « Cinémas. France Daigle », *Théories de la fragilité*, Ottawa, Le Nordir, 1994, p. 100-103.

Plantier, René, «*Sans jamais parler du vent* de France Daigle: une écriture odyssée», dans Melvin Gallant (dir.), *Mer et littérature. Actes du colloque international sur la mer dans les littératures d'expression française du vingtième siècle*, Moncton, Éditions d'Acadie, 1992, p. 11-16.

Plantier, René, «France Daigle», dans *Le corps du déduit: neuf études sur la poésie acadienne, 1980-1990*, Moncton, Éditions d'Acadie, 1996, p. 101-151.

Table des matières

Préface 5
Sans jamais parler du vent 15
Film d'amour et de dépendance 153
Histoire de la maison qui brûle 267
Choix de jugements 369
Biographie 372
Bibliographie 376

www.ingramcontent.com/pod-product-compliance
Ingram Content Group UK Ltd.
Pitfield, Milton Keynes, MK11 3LW, UK
UKHW022011260726
13994UKWH00006B/2425

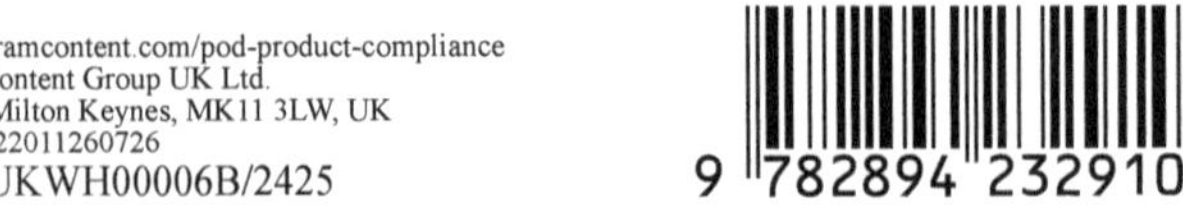

9 782894 232910